JN034655

メディアワークス文庫

後宮冥府の料理人

土屋 浩

目　次

序　宮女の白切鶏

ようこそおいでくださいました、お客様。

ここは臘月宮《ろうげつきゅう》。いかなる料理もお望みのままにご用意いたします。


一人の女官《じょかん》に慇懃《いんぎん》に頭を下げられ、春香《しゅんこう》は戸惑った。

立っているのは知らない場所だった。

石畳の中庭に木はなく、唐戸には見たこともない異形の獣が彫られている。大きな本殿は闇に溶け込むほど黒い。異様な雰囲気に、春香は身を縮める。

「ここ、後宮ですよね」

上目づかいで女官の顔を窺《うかが》う。おどおどした態度が相手を苛立《いらだ》たせると分かっていても、そうしてしまう性格なのだ。

「ええ、北東の端にございます」

本殿の扉を開き、薄墨色の襦裙《ジュクン》を着た女官は中に入るように促した。樫《かし》の簪《かんざし》で髪を束ね、薄く紅を引いている。中性的な鼻筋の通った細面で、灰色がかった目からは意志の強さが見えた。

「お客って……何かの間違いではないのでしょうか？」

不安げに春香が訊《き》いた。小さな商家の出である彼女は、後宮では位の低い宮女《きゅうじょ》でしかない。接待される身分ではない。一日の食事は二回で、菜は一品と決まっている。後宮に来てから空腹が満たされたことはなかった。

「間違いはございません。党《とう》春香様でいらっしゃいますね。主《あるじ》ともども歓迎いたします」

その女官は笑みを浮かべた。

春香は怪しみながら女官の後について歩いた。ここまで歩いてきた記憶はないし、招かれた理由も分からない。謎だらけだった。それなのに、目の前にいる女官には、従わなければいけない気がしていた。

長い廊下を進むと、突き当たりに両開きの扉が現れた。

広間に足を踏み入れて、春香は目を見張った。三十丈はある大部屋には、百人以上の人が溢《あふ》れていた。明るく火が灯《とも》り、白い官服を着た宮女たちが料理を運んでいる。朱塗りの円卓では客と思われる者たちが鮑《あわび》や岩蟹《いわがに》などの高級な料理に舌鼓を打っていた。

香辛料の混ざった油の臭いを嗅いで、春香は唾を飲んだ。

「あのう、何でも頼んでいいって本当でしょうか？」

勇気を出して女官に訊いた。あまりに都合がよすぎる。後宮では、只《ただ》ほど高いものはない。こんな豪華な食事を頼んだら、後でどのようなことを要求されるか分かったものではなかった。

「はい。いかなる珍味も、幻の料理も必ずご用意いたします」

静かだが、自信に溢れた声で女官は答えた。

「ただし、この宮殿には厳格な決まりがございます。それをお守りになれない場合は、お客様として扱うことは出来ません」

「決まり……ですか？」

眉をひそめる。春香の不安は大きくなった。

「ええ、臘月宮の主はとても気難しいお方です。守らねばとても――恐ろしいことになります。どうかご注意ください」

女官は広間の奥を一瞥《いちべつ》した後、鋭い目で春香を見た。

雰囲気にのまれ、春香は冷や汗をかいて頷《うなず》いた。女官は静かに説明を始める。

一つ、持ち出してはいけない。

「ここにあるものは塵《ちり》の一つまで、さるお方の所有物です。決して宮殿の外に持ち出さぬようお願いします」

二つ、見てはいけない。

「この宮殿には見てはいけないものがいくつかございます。いたずらに扉や厨子《ずし》を開けて詮索などなさらぬようお願いいたします。特に、奥にある文箱《ふばこ》にはどうかお近づきにならぬよう、お気をつけください」

三つ、話してはいけない。

「ここで見たこと、聞いたことは、決して口外をなさらぬようお願いいたします。たとえ朧月宮の女官であっても、宮殿の中のことを口に出せば、相応の報いを受けることになるでしょう」

四つ、持ち込んではいけない。

「朧月宮は俗世のしがらみから隔絶された場所です。宮殿の外で起こった問題や恨み事を持ち込まないようにお願いします。招待を受けた方は、身一つでご来訪ください。財産、家族、使用人等《など》の随行はお断りしております」

五つ、食べてはいけない。

「生者は、決して朧月宮の中で食事をなさらぬよう、固くお願いしております。もし口にしてしまったら、魂を永遠に失うこととなりましょう」

生者が食事をしてはいけない——？

話を聞いていた春香は寒気を覚えた。

改めて見まわすと、周囲の客たちはまるで霞《かすみ》をまとっているように存在感が薄い。

春香は子供の頃に聞いた〈死者の館〉という寓話《ぐうわ》を思い出した。あの世に迷い込んだ男が冥帝《めいてい》の館にたどり着き、魂を奪われてしまうという話だ。背中に冷や汗が伝う。

「……決まりを、破っては、いけないのですよね」

かすれた声で、春香は訊く。口の中が乾いて上手《うま》く喋《しゃべ》れなかった。

「はい、お願いいたします」

「では、私は料理を頼めないのですよね。生きている者は食事をしてはいけないのですから」

意を決して春香は言った。恐ろしくて、気を失いそうだった。

女官は束《つか》の間《ま》沈黙した。何か考えている様子はなく、逆に春香の思考が追いつくのを待ってくれているようにも見えた。

「――いいえ、問題ありません。お客様はもう、亡くなっておいでですので」

女官は静かに告げた。

◆◆◆

北燕国《ほくえんこく》の帝都「睡雀《すいじやく》」は、山に挟まれた平野に築かれていた。東西に二十一里、南北に十八里、東西に延びる長方形をしている、人口六十万を超える世界最大の都市だ。

南に都の大門があり、入ると左右には庶民の居住区、南北には都を貫く大通りが見える。街は碁盤目状に広がり、多様な民族が商売に明け暮れている。都の中央は店を営む商人たちの家々がひしめき、大通りの東西には市《いち》が設けられている。

緩やかな上り坂となっている大通りを進むと、都を見下ろす北の高台に皇城が見える。皇城のひざ元には貴族や官吏たちの邸宅が建てられ、皇城の門を抜けると官吏たちの勤める行政府、武官たちの詰め所が見える。城の東には、十二の宮殿から成る後宮、西に皇族が住む皇居があった。帝《みかど》は〈中原《ちゆうげん》〉と呼ばれるこの大陸の平野部を統一し、泥沼の長い戦の世を終わらせた。睡雀は今、平和を謳歌《おうか》している。

睡雀は特別な場所だ。大陸の歴史が始まって以来、多くの国が生まれては消えた。しかし、いくら国が代わっても、中原を統べる皇都はこの睡雀にあった。川と山に挟まれた堅固な土地でもあるが、一説には、この土地に張り巡らされた呪術や風水的な理由も長く都とされている所以《ゆえん》であると言われていた。この大陸に流れる龍脈《りゆうみやく》は睡雀に収束しており、龍脈が王気のある者を呼び寄せるのだという。占星術師も、八卦道士《はっけどうし》も、僧侶でさえもこの土地を特別だと言い、龍脈の力を使って、この都市が繁栄の都となるように数多《あまた》の呪術を織り込んできた。

後宮にひっそりとたたずむ臘月宮は、龍脈の集まる皇城の鬼門に建っていた。

いつ頃から後宮に存在していたのかは定かではない。二百年前の地図では、その場所は禁足地とされていて、皇都が建設される遥《はる》か昔からそこには用途も分からぬ宮殿が建っていた。都の鬼門にあり、真っ黒に塗られた宮殿の外観から、鬼が棲《す》みついていると噂《うわさ》され、昔も今も近づく者はほとんどなかった。

その真の姿は――霊を迎える死の宮殿だった。

黒く禍々《まがまが》しい宮殿で、箒《ほうき》を使う者が一人。

左林花《さりんか》、臘月宮の女官だ。

不思議なものが見える能力を買われて臘月宮にやってきた。


薄墨色の襦裙の上に作業用の麻の上着をまとって、広い中庭を掃き清めていた林花は手を止めて宮殿を見上げる。

「禍々しいですね」

黒檀《こくたん》を多く使った真っ黒な建物だ。大きな本殿を連なった殿舎で囲むように建てられ、壁面には多くの彫刻が施されている。この地方にある古い建築様式だった。彫刻には見たこともないような人と獣が混ざった異形の獣が描かれ、中庭を通る者を睨《にら》んでいる。奥には恐ろしい姿の獣の像が守る霊廟《れいびょう》もあった。

林花は生理的な畏怖を感じて眉をひそめる。並みの女官であれば、これらの彫刻を見ただけで逃げ出してしまうほどの禍々しさだ。

庭の隅にある霊廟の掃除を終え、石畳を敷き詰めただけの殺風景な庭を掃き終えると、もう黄昏時《たそがれどき》になっていた。日が落ちるのを見届け、林花は朧月宮の本殿に向かう。

正面の扉を開くと広い廊下が見える。左右には客用の広い茶室があり、奥に進むと、異形の神が描かれた黒い扉が林花を迎えた。その先には、幅三十丈ある巨大な広間がある。五十ある円卓は客で埋まっていた。まだ早いからか、円卓についた客たちは座ったまま人形のように静止している。

朧月宮は死霊をもてなすための宮殿だ。死霊が未練なく旅立てるように望む食事を与え、冥界に送り出す。それが朧月宮に勤める女官たちの仕事だ。

「おはようございます。春香様」

目当ての卓に向かい声をかけると、狐《きつね》につままれたような表情で客は顔を上げた。

「私――寝ていたのでしょうか？」

「いいえ、太陽が出ているうちは霊は動けないのです」

「そう……ですか」

言い含めるように林花が教えると、春香は瞬《まばた》きした。彼女は亡くなってからまだ二日しかたっていない。まだ自分が死んだことに納得がいっていないのか、まじまじと両手を見つめている。

心臓が弱り、停止してしまったのが春香の死因だった。もともと体が弱く、脈も小さかった。医者からは成人する頃眠るように亡くなるだろうと言われ、その通りになった。後宮でのきつい仕事が寿命を縮めることになったのだが、親にいくばくか金を送ってやれたので、文句はなかった。

死は急に訪れる。数年前まで戦火の中にいたこの国の民は、それを肌で知っていた。

「まだご注文はお決まりになりませんか？」

気遣うように林花が訊くと、春香は困った顔をした。

「ええ、その……最後の食事と言われても、実感が湧かなくて……すみません」

「急ぐことはありません。ごゆっくりお考えください」

「はい……私、家は貧しい商家で、他の人みたいに豪華な食事なんて思いつかなくて。ただ、お腹《なか》いっぱいご飯を食べるのが夢だなんて、情けないですよね」

申し訳なさそうに春香は目を伏せる。食べるのに必死で、食事の味や質にこだわったことはなかった。

「そんなことはございません。食べたことのない珍味を頼まれる方は多くいらっしゃいます。しかし、そのような方はおおむね初めての味になじめず、納得のいかないお顔をなさいます。それよりは、記憶に残っているものの方がご満足いただけるかと思います。それに――もう亡くなっておられるのですから、周りの目など気にして見栄《みえ》を張る必要はないのですよ」

林花は耳打ちするように忠告した。

春香は苦笑いする。周りの人たちが頼む豪華な料理を見て、自分も立派なものを頼まなければと肩ひじを張っていたことに気が付いた。

家族が多く、実家では食事はいつも戦争だった。大皿に盛られたおかずを八人兄弟で取り合うので、ぼんやりしていると食べるものがなくなってしまう。

いつもお腹を空《す》かせながら、大人になってお腹いっぱい食べることを夢見ていた。家を出て後宮に入ってもその願いは叶《かな》わなかった。春香はずっと心にあった内緒事を打ち明けるようにおずおずと切り出した。

「あの……鶏を食べてみたいのですが……。それも、一羽《わ》丸ごと」

「それでよろしいのですか？」

意外な注文に少し驚いて、林花は目を見開く。

「ええ、実家では春節に鶏を一羽買うのですけれど、みんなで分けると食べられるのはほんの少しなんです。子供の頃にいつか一人で一羽全部食べようと心に誓ったのを、今思い出しました」

春香の言葉に熱がこもる。心に思い描くことはあっても、ずっと実践できずにいたことだった。もう会えない家族への郷愁を感じながら、春香は語った。

「調理法はいかがいたしましょう」

「それは……お任せして良いでしょうか？」

商人だった父の「困った時は専門家に任せろ」という言葉を春香は思い出した。

「お酒もお付けいたしましょうか？」

「それもお任せします」

「かしこまりました。お気に召さない場合は何度でも作り直しをいたします。ただし、一口でも料理を口にすれば、体は冥府に引かれるようになり、長くこの世に留《とど》まることは出来なくなります、その点はお気をつけて」

「そんなわけには――」

わがままを言うことに春香は慣れていない。林花の言葉に、彼女は困った顔をする。

「臘月宮の女官には、守らなければならない決まりがあります。〈お客様に満足していただくこと〉です」

林花は任されたことを喜び、微笑《ほほえ》んだ。

丁寧に頭を下げて、彼女は宮殿の奥に戻って行った。


広間の奥には客用の個室が並び、さらに進むと広い厨房《ちゅうぼう》があった。

広さは十丈ほど。大きな調理台が中央にあり、それを囲うように竈《かまど》が十五基、石窯が五基、牛の丸焼きが出来るような巨大な焼き台が一基。倉庫には調理用の大きな壺《つぼ》や高価な磁器が並んでいる。

山の水を引いた水道があり、蒸し茶を作るための軟水の水瓶《みずがめ》もある。皇城の調理場にも劣らない設備だ。

林花は、この設備を見るたびにその壮観さに心を奪われる。大きいだけではない。道具の整備が行き届いていて、竈の組み方にも工夫があった。料理に興味がある者にとって、こんなに素晴らしい場所はない。

中を覗《のぞ》くと、調理場には注文の書かれた木札が山積みになっていた。

調理場で働いている調理人も冥界の者で、朝日が昇ると動きを止めてしまう。

昼に亡くなった死霊たちが一斉にやって来るこの時間帯は、調理場は戦場のような忙しさに見舞われている。

「手伝いますか？」

「自分の持ち場をやりな！」林花の申し出に料理長が怒鳴った。

給仕と調理の両方を許されているのは林花だけだ。その点において彼女は一目置かれていた。

頷いた林花は、素早く作業用の上着を羽織って厨房に入る。

水の入った底の深い陶器の鍋を竈にかけ、青葱《あおねぎ》、生姜《しょうが》、岩塩を入れる。次に、内臓を抜いた丸鶏《まるどり》をまな板に載せ、たっぷりの塩を丁寧に揉《も》み込む。沸騰した鍋を火からおろして丸鶏を鍋に沈ませる。

林花は丸鶏を揺らして泡が立たなくなるのを確認してしっかりと蓋をし、火にかけずに半刻《はんとき》ほど余熱で加熱する。一度だけ鶏をひっくり返し、熟成させるようにじっくりと熱を通した。〈蒸し煮〉という調理法だ。蓋を開けると、生姜の香りを含んだ湯気が漂う。

蒸し煮は火にかけず湯の余熱だけで調理する加減の難しい料理だ。熱しすぎれば肉は硬く、余熱が足りなければ生になってしまう。だが、精妙に作られた蒸し煮はうまみを含んだまま瑞々《みずみず》しく、ただの鶏が他では味わえないご馳走《ちそう》に変わるのだ。

箸を身に刺して火が通ったのを確かめ、水にさらして冷ます。

手際よく動く林花を見て、料理長は笑みを見せた。

「お待たせしました〈白切鶏《バイチエジィ》〉です」

林花は台車に大皿と土鍋を載せて運んできた。

春香は驚く。大皿には鶏が丸のまま載っていたからだ。

「あ、あの、これはどう食べたら……」

春香は困った顔で丸鶏を見つめる。

「今取り分けます」

大皿と一緒に運んできたまな板に丸鶏を載せ、方頭刀《ファントウダオ》を取り出す。

方頭刀──四角い鉈《なた》のような大ぶりの包丁だ。戦が長く続いた時代に考え出された道具で、戦火から避難することが多い民が荷物を減らすために考案された。切る、刻む、剝《む》く、叩《たた》く。料理の全工程を一本の包丁で出来るように工夫がされている。

林花は重い包丁を器用に操って鶏を手羽から薄くそぎ切りにしていく。包丁を入れると、鶏から脂が溢れ、葱と生姜の匂いが香った。

胸が高鳴り、春香は喉を鳴らした。

子供の頃、家族で鶏を食べた思い出が蘇《よみがえ》った。

母が調理をするのを待ちきれず、八人兄弟で監視するように鶏を見つめていた。

「俺はあの足を食うんだ」

「いや、ささ身が一番美味《うま》いんだ」

「美味《おい》しいのは皮がしっかりした手羽だ」

食べ比べたことなどないくせに、兄弟で口喧嘩《くちげんか》を始める。

春香は騒がしくて懐かしい実家の風景を思い浮かべた。

ももを切り落とし、背骨に沿って刃を入れ胸肉をはがすと、骨だけがきれいに残った。

あっという間に鶏は肉だけに切り分けられた。

「お好みで、柑橘酢《かんきつす》か葱ダレをお使いください」

林花は器に黄酒《ホアンチユウ》を注《つ》ぎ、それを冷やした黒茶で割って春香に差し出す。

「お召し上がりください」

林花が説明を終えると、春香は急ぐように箸を取り、何も付けないでもも肉を口に運ぶ。塩気とともに瑞々しい肉汁が溢れた。さっぱりとしながらうまみが逃げておらず、鶏そのものの味がはっきりと感じられる。次に胸肉を一切れ食べて驚く。加熱すると硬くぱさぱさになる部位なのに、柔らかく、瑞々しい。

二つ三つ頬張ってから黄酒を飲むと、さわやかな香りが鼻に抜け、胸に暖かさが灯った。

林花は土鍋を開ける。鶏を煮た湯で炊いた米からふわりと湯気が上がる。器によそってその上に手羽を載せ、胡麻《ごま》と葱を散らして差し出す。

春香は礼を言って受け取った。タレをかけてかき込むと、鶏の脂で口が満たされる。さっぱりした肉と脂を吸ったご飯の取り合わせに、口角が緩む。

注文の通り、鶏一羽を余すことなく食べていると感じた。

実家では出来ない贅沢《ぜいたく》に、少し罪悪感がうずいた。でも、春香が後宮に入って稼いだ金で両親は店を買って商売を始めることが出来た。もう生を終えたことだし、これくらいのご褒美はあってていいだろう。

あれほどたくさんあった鶏は、もう残り少なくなっていた。

箸を止め、春香は大皿を見つめる。

「――あっという間ですねえ」

寂しそうに言った。人生のことか、白切鶏のことかは林花には分からない。

返答に困りながらも林花は頷く。終わってしまった人生にかける言葉を彼女は持っていなかった。

「そうですね」

「まだご所望があれば承ります」

春香は都にいる家族の顔を思い出した。両親は病気をしないだろうか、無骨な弟たちは、自分がいなくても家事をこなせているだろうか。兄たちの嫁になってくれる人は見つかるだろうか。心残りは尽きないけれど、自分にはもう、手を差し伸べることは叶わない。

でも、やり遂げたこともたくさんあった。

春香は鶏を丸ごと食べたこともその一つに加えることにした。

「いいえ、満足です。ご馳走様」

最後の一切れを口に運び、春香は手を合わせた。

「ありがとうございました。良い旅を」

送り出す言葉に心を込め、林花は頭を下げる。

「私はどこに向かうのでしょうか？」

やって来た時と比べると、だいぶ落ち着いた様子で春香は訊いた。

「これからこの宮殿の奥にある冥府の門をくぐり、冥界に向かわれます。その先は私も知らないのです」

伝承では冥府の門をくぐった後に冥界で長い旅をし、もう一度生まれ変わると言われている。しかし、真実かどうかは林花も知らない。確かなのは、食事をした霊たちがこの宮殿の奥にある門を通って消えていくことだけだ。

なぜ死霊はこの宮殿に集まるのか、なぜ死霊が望む食事を与えるのか。ここで働き始めて半年の林花には、知らないことばかりだ。

臘月宮は死者の宮殿だ。林花のような生者はここでは異邦人だ。

「すべてを知っていらっしゃるのは館の主だけです」

畏怖と重圧を感じながら、林花は臘月宮の奥の扉を見つめた。

◆◆◆

〈初めの宮の陽春宮《ようしゅんきゅう》、花の宮の花朝宮《かちょうきゅう》、絹の宮の蚕月宮《さんげつきゅう》、宝の宮の卯花宮《うのはなきゅう》、水の宮の橘宮《たちばなきゅう》、祈りの宮の伏月宮《ふくげつきゅう》、織りの宮の棚機宮《たなばたきゅう》、香りの宮の桂月宮《けいげつきゅう》、紅葉《もみじ》の宮の紅葉《こうよう》宮《きゅう》、光の宮の初霜宮《はつしもきゅう》、楽の宮の神楽宮《かぐらきゅう》、美しの宮連なりて、銀刻城《ぎんこくじょう》の花と咲く――〉

都で歌われる民謡だ。後宮の宮殿は一月から十一月を冠する名が付けられていて、それぞれ、機織りや神楽など、特別な役割を持っている。娘たちはこの歌を聴いて華やかな後宮を想像する。

しかし、市井で知られるこの歌には、十二月の宮殿――臘月宮はない。

ここは帝都の記録にはない、死者をもてなす宮殿。

現世の者はその中で起こることを知ってはならない。

それを知るのはそこで働く女官たちと、一部の高官のみ。

今日も秘せられた宮殿の門をくぐって、新たな死霊がやってくる。

壱　女官長の紅焼肉

朧月宮の女官たちは昼過ぎに目覚める。

死霊たちは太陽が出ている間は動きを止める。死霊に給仕する彼女たちもまた朝日とともに眠る。

目覚めた林花は身支度をすませると手早く食事をとり、日が沈むまでに本殿以外の殿舎と中庭の掃除をすませる。朧月宮で働く人間は少なく、女官は林花を含めて二人、その下に宮女が四人いるだけ。それだけの人数で宮殿を管理している。

中庭の掃除を終えた宮女の一人が、脇門を開けて宮殿の外に出た。門前の道を掃除するつもりなのだろう。

しばらくすると、脇門から悲鳴が上がった。

「何事です！」

驚いて脇門を開けると、宮女が必死に逃げ回っていた。

狼藉《ろうぜき》を働いているのは宮中の女官たちが恐れる四品《しほん》の位を持つ高官、「猛虎《もうこ》近衛《このえ》中《ちゅう》将《じょう》」だった。虎に襲われた帝を救うために戦い、見事に撃退した功績を認められ、帝のおそばに控えるために特別に位をいただいた高官で、美しい後宮の女官の誰よりも帝からの寵愛《ちょうあい》を受けている。林花の立場から言って、意見できるような相手ではなかった。

しかし、林花は「猛虎中将」の首を摑《つか》んで叱りつけた。

「やめなさい、猛虎!」

「ワン!」

猛虎中将は不満そうに鳴いた。

「猛虎中将」は犬である。白い毛皮に眉のようなブチが二つある大型犬だ。人懐っこい黒い目は、いつも相手をしてくれる人間を探している。

林花を引きずって宮女を押し倒した猛虎は、宮女の顔をまんべんなく舐《な》めまわす。

「鼻はやめてえ」と顔をよだれだらけにされた宮女は這《ほ》う這《ほ》うの体で脇門に逃げ込んだ。

毛足の長い帝の愛犬で、縄張りである城内を見回る真面目な犬ではあるのだが、良くない趣味があった。女官の顔を舐めまわすことと、女官の足衣や官吏の靴を右側だけ盗んで収集することだ。

後宮の女官、宮女の化粧は多種多様で、顔に宝石や金箔《きんぱく》を張りつけて美を演出する者や、朱や顔料で美しい文様を描いて人目を引こうとする者もいる。そんな努力をしても、舐めまわされれば紅も眉も消え、髪の毛も暴風に見舞われたように乱れてしまう。きれいに整っていた宮女の顔は眉を失い、別人のように目立たぬ女に変貌した。後宮という美を競い合う場で素顔をさらされるのは、非常な恥だった。女官たちは猛虎に襲われることを何よりも恐れていた。

猛虎は林花の手を振り切って宮女を追いかけた。他の宮女たちがいる中庭で悲鳴が上がった。

「何を騒いでいる」

威厳のある声を聴いて、全員が緊張して立ち止まる。

正面の大扉がひとりでに開き、黒の深衣《しんい》を着た背の高い女官が姿を現す。

高く結われた白髪には紫の玉が揺れ、黒く光る瞳には老人とは思えない艶があった。

ふと目を離した隙に皺《しわ》が消え、若い女性に変わるのではないかと思われるほど、強い生命力がこの女にはある。

墨蘭《ぼくらん》――この宮殿の主だ。

「騒ぎ立てして申し訳ありません。猛虎中将に入られてしまいました」

林花はそばに寄って頭を下げた。動物の多くは霊が見えているらしく、霊が見える猛虎にとって臘月宮は遊び相手がたくさんいる楽しそうな場所に見えるらしい。

「帝の犬か。白麗《はくれい》の時といい、最近『望まぬ来訪』が多くて困る」

「白麗？　あの子がなにか――」

林花が訊こうとすると、猛虎は尻尾を振って墨蘭に飛び掛かろうとした。

林花は犬の無謀さに驚き、飛びついて押さえた。

「これじゃ仕事にならないね。林花、お前が何とかしな」

「私ですか？」

猛虎と組み合っていた林花が顔を上げる。

「不満か？」

睨まれて、林花は萎縮して肩をすくめた。

「ですがこれから本殿の給仕の仕事があります」

「ならば普段の給仕はしばらく他の者で行おう。猛虎の躾《しつけ》は任せた」

そう命じると墨蘭は本殿に戻って行った。

後を追うように扉がひとりでに閉まった。

犬の世話などしたことがない。林花は途方に暮れた。


「犬の躾とは……困りました」

掃除が終わった中庭で、林花は猛虎と向き合っていた。

首を傾《かし》げる林花を真似《まね》るように猛虎も顔を傾けた。

「猛虎中将は帝には従順な犬だと聞きます。重傷を負ってまで帝を助けたと聞きますし、狩猟に加われば獲物を見失うことはないですし、帝のお許しがなければ餌も口にしないそうです」

となりで同僚の李月《りげつ》が言った。

李月は林花より七つ年上の臘月宮では古参の女官だった。口数は少ないが人をよく見ていて、広間が忙しくなる時間帯であっても宮女たちの差配を的確に行う。林花にとっては唯一悩みを相談できる先輩でもあった。

「正直、宮殿の仕事を休んでまで犬の世話をせよと言われるとは思っていませんでした。墨蘭様のお気に障るようなことでもしたのでしょうか？」

「墨蘭様は出来ないことを申し付けたりしませんよ。難しい仕事を任されたのならばそれはあなたの能力を評価しているということです」

李月は微笑むが、林花は納得がいかない。

林花はしげしげと猛虎を見つめる。帝の言うことを聞くのならば、一通りの躾はされているということ——威厳を示して主人として認めさせることが出来れば、この仕事をやり遂げることが出来るかもしれない。

「想《おも》うほど難しくはないのかもしれませんね——お手」

林花は猛虎の目をしっかり見つめて手を差し出した。

猛虎はその手をぱくりと噛《か》んだ。

「……」

林花は驚愕《きょうがく》して固まる。

まるで親犬が子犬を躾《しつ》ける時のように、しっかりと痛みが感じられるほどの強さで噛まれ、対処に困り、林花の額に冷や汗が浮かんだ。

「猛虎、お止《や》めなさい」

後ろから若い娘の声がして、猛虎は顎の力を緩めた。

近寄ってきたのは苗色《なえいろ》の頭巾をつけた子供だ。白麗という十二になる宮女だった。

宮女とは、官位を持たない宮中の働き手で、主に掃除や洗濯などの雑事を受け持っている。対して女官は試験を受けて位を賜った官僚だった。昇進すれば正五品まで位をいただくことも出来る。

白麗は以前は他の宮殿で働いていたが、墨蘭に霊が見えることを見出《みいだ》されて、十日前にここへ連れてこられた。来たばかりだというのにくるくるとよく働く。

いや、十日も保《も》ったと言うべきか。いくら死霊が見える体質だとしても、臘月宮の特異な環境に耐えられずに逃げ出す宮女は多い。

白麗が優しく首を撫《な》でると、猛虎は噛んでいた手を放した。

「林花様。いきなり命令などしてはいけません。人間でも初対面の人に荷物を運べとは言わないでしょう？」

白麗は腰に手を当てて、たしなめるように言った。

慣れた様子で猛虎を手なずける白麗に林花は感心した。

「犬に詳しいのですね」

よだれでべとべとになった手を見つめてから林花が訊いた。

「都の生家にはいつも番犬がいました。老人と子供だけで暮らしていると不用心ですから」

「ふむ……そうですか」

林花は口を引き結んでうなる。

「では私に猛虎との付き合い方をご教授願えませんか？」

頼まれて白麗は瞬きする。

「ええと、私でよろしければ」

はにかみながら白麗は猛虎の前にかがんだ。

「まず噛みにくいようにこぶしを作って、こちらからは動かずに匂いを嗅がせてください。それがあいさつになります。触ったりするのはその後です」

「匂いがあいさつになるのですね？」

「そうです。人は言葉であいさつをしますが、鼻が利く犬は匂いで世界を見ますから。匂いを嗅がせてあいさつをします」

「なるほど、自分の情報を明かすことで信用を得るのですね」

林花は納得して頷いた。こぶしを作って黙って待つ。猛虎は顔を近づけて匂いを嗅ぎ、しばらくすると、納得したように元の位置に座った。

緊張しながら林花は手を伸ばし、そっと首を撫でた。

数回撫でられてから、猛虎はお返しとばかりに林花の膝に前足を乗せて顔を舐めまわした。

「なるほど。仲良くなれたようには思います。しかし、こういう行為を止めさせたくて躾を行っているのですけれど……これは時間がかかりそうですね」

林花はため息をついて、よだれまみれの顔で空を仰いだ。

意地悪でいたずらをする犬ならば叱りつけるのが筋だが、好意でやっていることがほとんどだから厄介だった。

「墨蘭様から任されている特別な仕事は他にもありますしねえ」

手巾《しゅきん》を差し出して李月が言った。

「あちらの方も時間がかかるようです」

顔を拭って林花は立ち上がった。特別な賓客をもてなすためだ。

日が落ちると同時に朧月宮の厨房に火が灯る。

林花は一番端の竈を使って特別な客をもてなすための料理を作っていた。

皮付きの豚肉を処理して、葱油で表面を焼く。焼き色が付いたら鍋に砂糖、醬油《しょうゆ》、紹興酒、生姜、八角を入れて、灰汁《あく》を取りながら肉が軟らかくなるまでじっくりと煮込む。最後に火を強くして煮汁を少なくすれば、醬油の赤に染まった〈紅焼肉《ホンシャオロウ》〉が出来上がる。

豚の脂の香りと砂糖、醬油の焦げる匂いが香辛料の香りと絡み合い、食欲をそそる匂いが周囲を包んだ。

出来上がった料理を小皿に取り分け、料理長に差し出す。

朧月宮で作られる料理は全て冥界の食材で作られている。生者の林花は味見をしたくても冥界の食材を口にするわけにはいかない。それが決まりだ。食べてしまえばその魂は体を離れ、冥界に連れて行かれてしまうのだ。

「いいね」

料理長は合格を出した。

「だけど、これでお客が満足するかは分からないよ。紅焼肉はここではとても難しい料理だからね」

料理長の言葉に頷いて、林花は紅焼肉を深皿に盛りつけて盆に載せた。その足で本殿の奥に向かう。

朧月宮の本殿には個室の客席があり、林花はそこの一つに向かった。

個室に案内されるのは、特殊な客だ。本殿で諍《いさか》いを起こして隔離される者もいれば、広間の騒がしさを嫌って個室を要求する者もいる。そして、料理を食すのを拒否して隔離される者もいた。

息を吐いてから林花が扉を叩くと、「どうぞ」と返事があった。

林花は黄銅で出来た鍵を使って扉を開けた。

正面に中年の女官が座っていた。長い髪を首もとでまとめ、硬い表情で林花を見つめている。

「手間をかけますね」

女性——高玉《こうぎょく》は頭を下げる。蚕月宮で女官長をやっていた女性だった。女官たちに厳しいことで有名だったが、責任感が強くぬけのない仕事をするので、妃《きさき》たちからも信用されていた。長年胃の病を患っていてそれが原因で二十日ほど前に亡くなり、朧月宮にやってきた。

その真面目な生き方に、林花は好感を持っていた。

「いいえ、ご納得いくまでお声かけください」

林花は慣れた様子で高玉の前に深皿を置いて蓋を取った。

湯気と共に鮮烈な油の香りが広がる。

高玉は姿勢を正したまましばらく紅焼肉を見つめる。それから首を振って蓋を閉めた。

「……この料理ではありません」

「そうですか」

林花も気落ちする内心をかくして、手を付けられなかった紅焼肉を盆に戻した。

こうしたやり取りがもう二十日も続いている。

高玉はここに来てからずっと紅焼肉を注文しつづけているのだが、何度作り直しても決して手を付けなかったからだ。

死者の最後の晩餐《ばんさん》である。納得のいくものを食べたいという者は珍しくない。しかし、全く手を付けずに何十回と作り直しを求める客は林花が知る限り初めてだった。二十日の間に料理人も三度代わっている。

時折、何も食べずに冥界に行こうとする死者がいるが、そういう者の魂は冥界になじまず、前世の記憶が残ってしまったり、生まれ変わった体に魂がなじまないなど、多くの弊害が出てしまうらしい。

「もしよろしければ、お召し上がりにならない理由を教えていただくわけにはまいりませんか？」

「申し訳ないのですが、それは言えません」

林花の質問に、高玉は首を振った。

「作れない料理を頼んでいるわけではないのです。あの世に行くのが恐ろしくてここに留まりたいのでもない。死者は冥界に行き、現世の者にいつまでも影響を与えるべきではないと思っています。なぜなら、死者はもう何も出来ないのですから。誰かが怪我《けが》をしても助けられませんし、労働をして明日の糧を作ることもしない。この世界を良くするあらゆる行為を死者は行わないのです。そんな存在は現世から消えるべきです。思い返す必要もない。生者は死者を忘れて自分の人生を送らなければいけないのです」

硬い表情のまま高玉は言った。

「……分かりました。明日また、作り直してまいります」

手付かずの紅焼肉を手に、林花は頭を下げて出て行こうとする。

「一つ訊いていいかしら」

「何でしょう」

思いがけず話しかけられたことに、林花は驚いた。

「ここに来た時に、広間で髪を頭巾でまとめた十歳くらいの宮女がいるのを見かけたけれど」

「白麗のことでしょうか、それが何か？」

「いいえ、この宮殿はそんな小さな子供が働くには向かないように思えたから、気になってしまって」

死霊が跋扈《ばっこ》する広間は大人の林花でさえ初めは恐ろしかった。不思議なものが見える者しかこの宮殿では働けないため、人手も不足しているから仕方ないとはいえ、白麗は逃げずによくやっている。

「……ここで働く宮女は皆、霊を見る力を見出されて雇われています。霊が見える者は都でもまれで、宮女を年齢で選ぶわけにはいかないのです」

白麗に無理をさせている後ろめたさを急に感じて、林花は言い訳するようにそう答えた。

「そう、どこも大変ね」

礼儀正しくうなずくと、高玉は何事もなかったようにまっすぐ前に向き直った。

「また、だめだったかい」

林花の顔を見て、料理長の陳思《ちんし》が言った。

陳思は死霊である。恰幅《かっぷく》の良い中年女性で、料理のことなら西の料理から東の料理まで大抵のことは知っている。元々は後宮に出仕していた女官で、今上帝に料理を作ったこともあるそうだ。

彼女のように、死霊たちの中には墨蘭に生前の腕を買われて臘月宮で働く者もいる。墨蘭と取引をした者は、代価として一つ願いを聞いてもらえるのだそうだ。

「はい、箸を取ってもらえませんでした」

「どこが違うとか言っていたかい？」

「いいえ。白麗のことを気にかけていらしたようですが、他には何も」

林花は何が悪かったのか悩みながら、冷めた器を見つめる。

「進展はなしか。外から鍵のかかった個室に幽閉され、毎日美味そうな紅焼肉を出されて食うことも出来ない。あたしには無理だね」

「ですが、少し、高玉様のことが分かったように思います」

「へえ」

陳思は林花が持っている紅焼肉の器を手に取る。

「こんなことをおっしゃっていました。『この世界を良くするあらゆる行為を死者は行わない。そんな存在は現世から消えるべき』と」

「面白いことを言う人だね」

「ええ、逆に考えれば高玉様の生き方が分かります。労働を怠けない。困った人がいれば助ける。そして、その積み重ねがこの世界をほんの少しだけ良くすると高玉様は信じて生きてこられたのでしょう」

「なるほど。あんたも変わってるね」

陳思は苦笑いする。

「しかし――ご注文は確かに紅焼肉なのですが、何が悪いのでしょうか」

「だから言ったろう。〈紅焼肉〉はここでは一番難しい料理なんだ」

　陳思は林花が下げてきた紅焼肉を蒸し器に入れて温め直すと、自分用に飯を盛って、それをおかずにご飯を食べだした。

　死霊である彼女は食事を必要としないのだが、根っから食べることが好きらしく、よく残り物を口にしている。

「紅焼肉ってのは、焦がした砂糖もしくは醤油で赤く色を付けた豚の角煮の総称さ。中原では東西南北どこでも豚を食う。だいたい祝いの日に食べるご馳走だけど、どの土地でも作られているってことは、場所によって微妙に違うってことさ」

「土地ごとの違いですか――故郷の味なのですね」

「家ごとでも差は出る。『おふくろの味』さ。それでいて、特別な日の賑《にぎ》わいや楽しさが思い出に刻まれていて、本人にはしっかりと味の記憶が残っている。だから妥協もしてもらえない。厄介だろう？」

　料理長は大きな口を開けて紅焼肉をほおばった。

　死霊とはいえ人間離れした早食いだった。早飯も芸の内とはよく言ったもので、陳思はまるで飲み込むように食事をしていく。

「気が遠くなるような話ですね」

「この宮殿から出られない私たちにとってはそうさ。どんな紅焼肉を望んでいるのかを知るには、もう少し高玉様についての情報が必要になる。だから墨蘭様はあんたにやらせてるんだ」

「そうだったのですか？」

陳思は余計なことを言ったと肩をすくめた。

「質問はなしだ。墨蘭様はあたしが人の仕事に口を出すのを好まないからね」

陳思は寸の間で器を空にすると、また仕事に戻ってしまった。

林花は空の器を見つめた。死霊が出来ず、生者が出来ることと言えば――

「――宮殿を出て調べろということですか」

そこでようやく合点《がてん》がいった。

本殿の仕事をしなくていいということは、臘月宮にいる必要はない。最近亡くなったのなら、後宮に高玉のことを知っている人間は多いはずだ。出身地を特定できれば、どのような料理法を望んでいるのか分かるかもしれない。

「やってみますか」

林花がこぶしを固めた瞬間、広間の方から食器が割れる音がした。

「林花様ー、猛虎が宮殿に入ってきました！」

宮女の悲鳴を聞いて、林花は慌てて厨房を出た。

広間は大騒ぎになっていた。食卓が倒れ、皿が散らばっている。

「なんてことです！」

林花は真っ青になって猛虎を追いかける。

興奮しているのか、猛虎は牙を剝きだして客の一人を追いかけていた。

「おやめなさい！」

林花は首を摑んだが、猛虎は林花を引きずるようにして客の一人を広間の隅に追い詰めた。

大きな荷物を抱えた商人と思われる客は、顔を真っ青にして壁に背中を付ける。

犬が苦手なのか、商人は抱きしめるように荷物を抱え、ひきつけを起こしたように荒い呼吸をしている。

「止まりなさい！　墨蘭様に見つかったらどんな罰を受けるか分かりませんよ」

林花は必死に止めるが、興奮した猛虎はまるで言うことを聞かない。

「もう遅いよ」

広間の中央に墨蘭が立っていた。

「申し訳ありません。これは――」

林花は弁明を試みたが、墨蘭はそれを遮るように首を振った。

「お手柄だよ。猛虎」

墨蘭は目を細めると、片手に〈栄陣《えいじん》　大列《たいれつ》〉と記された木簡を掲げる。冥界の門から送られてくる死者の名簿の一つだ。そこには今日亡くなった人間の名前が墨で書かれていた。その文字が血の色に変化して行く。

猛虎に追いかけられていた死者が荒い息を吐く。顔が黒ずんでゆき、爪が伸びる。吐く息が死骸のような生臭い異臭を発した。

「怨霊――客に幽鬼が混ざっていたか」

墨蘭の深衣がざわりと揺れた。幽鬼を睨む彼女の影が一層深くなる。

異様な気配に林花の胸はざわめいた。

幽鬼は獣のように吠《ほ》えると歯を剝きだし、墨蘭に向かって三丈ほどの距離を跳躍すると、人とは思えない速さで爪を振るった。

まったく動じない墨蘭が冷ややかな声色で木簡の名前に命じる。

「冥帝の名において、栄陣　大列　の動きを禁じる」

すると幽鬼の動きが中空で止まり、振り下ろされた爪が墨蘭の目の前で静止する。風圧で墨蘭の髪が揺れた。

幽鬼の担いでいた荷物が落ちる。袋から転がり出たのは人の首だった。

「死後に怨《うら》みや怒りにとらわれたままの者は鬼と化し、生者を憑《と》り殺《ころ》す。現世の怨みを晴らしたお前は気分がいいだろうが、生憎《あいにく》この宮殿は世の理を破って人を殺《あや》めた者を歓迎していない。そのまま冥界に行かせるわけにはいかないね」

墨蘭は目を細めて動けない幽鬼の顔を見つめる。

「地獄へ行け」

墨蘭の声に呼応して宮殿の入り口が開き、同時に宮殿の奥にある門が開く。

嵐のような暴風が広間に吹き込み、ごうごうと鳴った。あまりの風圧に林花は目を細める。

幽鬼は抗《あらが》おうともがくが、巨大な手に摑まれたようになすすべなく引き込まれる。

悲鳴が上がり、幽鬼は門の奥へ吸い込まれた。

悲鳴の残響だけが広間には残った。

「騒がせてすまない。食事を続けてくれ」

墨蘭はそう言うと、広間の客に向かって軽く頭を下げた。

恐ろしい光景を目にして、客たちは声を失っていた。

「みんな、片付けな！」

誰もが動けないでいる中、先頭に出て指示を出したのは料理長の陳思だった。古株の彼女は朧月宮で起こる様々な現象にも慣れているのだろう。固まる女官たちの気を取り戻させるべく発破をかける。

墨蘭は手招きして林花を呼ぶ。

先ほどの衝撃から立ち直れないまま、林花は歩み寄った。

「人が多く集まる都には悪い気が溜《た》まりやすく、その中でも陰謀が渦巻く後宮は悪い気の坩堝《るつぼ》みたいなものだ。魂が長く留まるのには向かない。だから、現世に留まろうとする死霊には注意を払わなければならない」

「長く留まれば、高玉様もそうなるのでしょうか？」

林花は墨蘭を見る。表情はないが、怖気《おぞけ》てしまうほど怖い顔をしていた。

「そうなるのを止めるのがお前の仕事だ」

墨蘭は背中を向けると宮殿の奥に戻って行った。

◆◆◆

「お出かけですか、林花様」

昼に起きて中庭に出ると、白麗が声をかけてきた。臘月宮の宮女が目覚めるにはまだ早い時間だが、彼女はもう身支度を整えて掃除の用意をしていた。

「ええ、今日は高玉様のいらした蚕月宮を訪ねてみます。生前の好みが分かれば高玉様の欲する料理が分かるかもしれません」

「あのお方について何か分かったことはありましたか？」

箒を手にした白麗は興味深そうに近くに寄ってきた。

「興味があるようですが、白麗は高玉様と面識があるのですか？」

高玉が白麗のことを言っていたのを思い出して、林花は質問する。

「いいえ、なぜです？」

「本当に？」

「はい」

問い詰めるように言われて、白麗は目をそらす。

知り合いでないなら高玉はなぜ白麗のことを気にかけていたのだろうか。

「あ、あの、林花様は本日ご多忙でいらっしゃるのですよね」

考え込んでいた林花に、白麗が遠慮がちに訊いた。

「そうですね。陽《ひ》のあるうちに蚕月宮から帰ってきたいと思っています――何か？」

「少し、厄介なお客様が来てしまいました」

白麗の視線を追うと、鍵の開いている脇門から猛虎が顔を出した。

耳をぴんと立てて、林花たちの話を聴いているように見える。

「今までは猛虎中将が朧月宮に来ることは、そんなに多くはなかったのですが」

尻尾を振ってやって来た猛虎を見て、林花は渋い顔をする。

「もしかして、林花様に懐いているのではないかと」

上機嫌の猛虎は遊んでくれとせがむように林花の周りを駆けた。

墨蘭に相手をせよと命令されている。だが、高玉の件はなるべく急いで調査せねばならない。連れて行くしかなかった。

「あの、私ついて行きましょうか？」

白麗は心配そうに林花の顔を見上げた。

「いえ、大丈夫――」

話しているうちに猛虎が林花に飛びついた。

「猛虎、いけません！」

あろうことか猛虎は林花の持っていた布袋を奪って走り去った。白麗は猛虎を叱りながら、急いで追いかける。

「大丈夫ではないですね。白麗、猛虎中将をたのみます」

ため息を吐《つ》くと、林花もまた猛虎たちの後を追いかけた。


蚕月宮は石造りの質素な宮殿だった。養蚕は昔から女性の神聖な仕事とされていて、古代から帝の后《きさき》となる者は養蚕を義務づけられていた。殿舎の多くは木造で、今もこの宮殿では養蚕が行われている。

中庭の桑畑を抜けると、大きな平屋の本殿が現れる。蚕月宮の奥にある事務庁だ。そこに文机が所狭しと並んでいて、女官たちが忙しそうに後宮の事務作業を一手に担っていた。

「すみません」

本殿の前で声をかけると、若い女官が顔を出した。

「何か？」

猛虎を連れている林花を見て、女官は警戒の色を浮かべた。

「先代の女官長様についてお訊きしたいのですが」

「高玉様の？　どういうご関係ですか」

「見習いの時にお世話になりました。今日まで亡くなったと知らず、高玉様へのお礼も言えずにおりました」

林花は慣れた様子で話した。もちろんすべて話を聞くための方便だ。

「何か高玉様を偲《しの》べるようなものはないのでしょうか。高玉様をよくご存じの方からお話を聞くだけでもいいのですけど」

「あまりご自分のことを話す方ではなかったから……。遺品でしたらまだここに残っていたかと」

女官は悩むような顔をして林花を中に招き入れた。

長い廊下を通り、高玉が生前に暮らしていた部屋に案内された。食卓の置かれた冷たい石床に、木の床が敷かれているのは半丈ほどの寝室のみ。宮女用に設《しつら》えたような狭い個室だった。

「女官長様にしては質素な部屋ですね」

「高玉様はご自分から広い部屋を辞退しておられました。給金はご家族に送って、質素にお過ごしでした。ご趣味は宮殿の花壇の世話をすることくらいでした」

「お偉い方なのだから、少しは贅沢をしていいのに」

白麗は呟《つぶや》くように言った。

「そういう方なのですよ。荷物も以前はもう少しあったのですが、病になってからはほとんどのものを手放されてしまって。私だったら耐えられないわ。着飾ることもなく、楽しみもない人生なんて」

女官は無遠慮に喋りながら籠にしまってあった遺品を取り出した。櫛《くし》が一つ、筆が一本、木簡数枚、鏡箱の中に簡素な白粉《おしろい》と紅があり、手作りの匂い袋が一つ。

「手に取って見てもいいでしょうか」

ことわって林花は遺品を調べた。木簡には仕事の覚え書きがあるだけで食べ物について書かれているものはなかった。

「親しくしていたご友人などはいらっしゃらないのですか？」

「思い当たりませんね。若い女官を指導する立場におられましたから、教官として誰からも距離を置いていたように思えます。ご両親を若い時に戦で亡くされたそうです。一人、娘さんがおられたようですが、旦那様も早くに亡くなり、ずっと苦労なさっていたようですね」

「孤独な方だったのですね。趣味もほとんどなく、ずっと働きづめで……」

机に広げられた遺品を見て白麗が呟いた。

林花は朧月宮での高玉を思い浮かべた。背筋を伸ばし、まっすぐに自分を見つめた彼女から寂しさは感じられなかった。

「そうでしょうか？」

違和感を覚えて林花は首を捻《ひね》る。

朧月宮に勤めて、人生がつまらなかったと言う客を何人も見て来た。彼らはたいてい『何か豪華なものを』とか、『適当でいい』など、投げやりで注文にもこだわりがない。人生に執着のない人間は、最後に食べる料理もおざなりになるものだ。

だが、高玉は違っていた。それに紅焼肉は特別な料理だ。地方ならば祝いの日などにわざわざ豚を一頭つぶして村中で調理することもある。賑やかで楽しい祭りや特別な日の象徴だ。孤独な人が頼む料理には思えない。

「しかし、手がかりになりそうなものはないですね」

林花は残念そうに呟いて顔を上げた。

その時気配を感じて正面を見ると、さっきまで歩き回っていた猛虎がこちらを見ている。足を止め、耳を立てている。

「猛虎は時々人の話を聞いているような仕草をしますね」

「話すことは出来ませんが、犬は結構人の言葉が分かっていますよ」

そう白麗が言うと、静かにしていた猛虎が急に跳ねた。机に乗り、遺品の中にあった匂い袋を咥《くわ》えて走って行った。

「猛虎、待ちなさい！」

林花たちはあわてて猛虎を追いかけた。

息を切らして猛虎の背中を追いかけて行くと、中庭に出た。

華やかな牡丹《ぼたん》が咲き乱れる庭を抜け、日陰になっている一角にたどり着くと、小さな花壇の前で猛虎は立ち止まり、咥えていた匂い袋をぽとりと地面に落とした。

「これは……？」

「菊ですね」

後ろから来た白麗が額に汗を滲《にじ》ませて言った。

そこには華やかな後宮の庭の植物から隠れるように、背の低い菊がかわいらしい花をつけていた。

林花は匂い袋を拾って匂いを嗅ぐ。ほんのりと菊の花の香りがした。多分、ここが高玉が世話をしていた花壇なのだろう。

花壇で菊を育て、匂い袋でその香りをまとっていた。そこには彼女のこだわりが見える。

そして菊は――肉料理によく使われる――。

「手がかりがあったようです」

情報がそろってきたように思った。

高玉は白麗を気にかけていたし、白麗が臘月宮に来たのは高玉が亡くなった十日後だ。

そして、墨蘭は白麗が『望まぬ来訪』にかかわっていると言っていた。

浮かんだ一つの仮説をたしかめるように、林花は背の低い菊の花にそっと触れた。


臘月宮に戻ってすぐに林花は本殿に向かった。

夕方になり、霊たちが動き始める。十五基ある竈に火が入り、死霊の料理人たちが働き始める。猛虎は何かに気づいたように個室がある方角を見て低く唸《うな》った。

「猛虎、それは質《たち》の悪いものですか？」

林花が訊くと、猛虎は尻尾を下ろして唸るのを止めた。

猛虎が高玉に異変を感じている。現世は霊が長く留まるのには向かない。正常な霊も長い時間が経《た》てば怨霊に変わるのだ。そうなったらもう林花の手には負えない。

林花は皮の付いた豚腹肉を用意して、酒や砂糖、そして、菊を調理台に並べた。

「何か突き止めたらしいね」

陳思は料理の手を止めて様子を見に来た。黄色い花を手に取って、匂いを確かめる。

「食用菊か、珍しいものを使うね。この地方ではあまり見ないけど」

「ええ、東の方の地域では肉の臭い消しに使うんです」

林花は竈に薪《まき》を足して包丁を研いだ。

「一つ気になっていたことがあるのです。高玉様は白麗のことを気にかけておられました」

「ああ、あんたがそう言っていたね」

「二十日前にこの宮殿に来られてそれからずっと鍵のかかった個室にいらっしゃった高玉様は、初日しか本殿にいる宮女たちのことを見ることが出来ませんでした。十日前に臘月宮に来た白麗のことをどうやって知ったのでしょう?」

「それは……はて、高玉様がやって来た当日しかないだろうけど、その日に白麗が臘月宮にいたってことなのかい?」

「墨蘭様は以前に『――白麗の時といい、『望まぬ来訪』が多くて困る』とおっしゃっていました。白麗は二十日前に自ら臘月宮に来訪したのではないでしょうか？」

興味深そうに陳思は頷いた。

「辻褄《つじつま》は合うね」

「ええ――白麗。来てください」

林花は広間で給仕をしていた白麗を呼んだ。

「何でしょう？」

「白麗、紅焼肉を作ってくれませんか？」

林花に言われて、白麗は呆気《あっけ》にとられた顔で瞬きをした。

「白麗に作らせるなんて、どういうことだい」

陳思は狐につままれたような顔で訊いた。

「それと――李月様、少しいいですか？」

林花は調理場に料理を取りに来た同僚を呼び止めて食用菊を差し出す。

「これが何か分かりますか？」

「蒲公英《タンポポ》ですか？」

李月は顔を近づけて食用菊を見つめた。これが普通の反応だ。

林花はまな板にもう一つ黄色い花を並べた。

「蒲公英はこちらになります。見比べてみてください」

「並べると、最初の花は花びらが広くて少し巻いていますね。香りも強い」

李月は最初に出した花の香りを嗅ぐ。

「はじめの花は食用菊です。寒い地方の植物なので、北燕国では北の山岳地帯まで行かないと見られません。食用菊は肉や魚の食中毒を防ぐ効果があります。そのために料理の飾りに添えられますが、知らない人は蒲公英だと勘違いするようです。逆に蒲公英を見て菊と言う人はまずいません。それなのに白麗は一目でこれを菊だと言いました。あなたはこの花を知っていたのですよね？」

「……はい」

白麗は硬い顔で頷いた。

「やはり。高玉様はあなたを気にかけておられた。そこで、白麗が高玉様と同郷の知り合いだと考えました。白麗は臘月宮の宮女になる前に、高玉様に会うためにこの宮殿を訪れた。墨蘭様に力を見出されたのもその時でしょう」

「知り合いだからってこんな幽霊のたまり場みたいな場所に来るかね」

陳思は笑って自分の職場をそう評した。

「普通は来ません。よほどの恩があるか、家族でなければ」

「家族？　本当かい⁉」

陳思が驚いた声を上げる。

「高玉様は『あなたたちに作れない料理を頼んでいるわけではない』ともおっしゃっておられました。言い換えれば、臘月宮に高玉様の望む紅焼肉がどんなものかを知っている人間がいることになります。高玉様が満足できる家庭料理を完璧に作れるのは家族以外ではありえない。どうです、白麗」

「……はい」

白麗は叱られたように眉を下げる。隠しておきたかったことのようだった。

「詳しく、説明してもらえますか」

林花が諭すように訊くと、白麗は弱弱しく頷いた。

「母は後宮で働いて父方の祖父母と暮らす私を育ててくれました。後宮には年季があり、会えるのは二、三年に一回だけ。働ける年になった私は、迷わず後宮に入りました。今度は私が働いて、母に楽をさせてあげたかったんです。でも、母は私が後宮に入ってすぐに亡くなってしまって——そんな時に、宮女たちの噂で臘月宮の話を聞きました。都中の死霊が集まる宮殿だと」

「それを信じてきたってのかい？」

陳思が驚くとおり、普通ならば信じるに値しない噂話だ。

「ですが、霊が見える白麗ならば、噂の真偽を確かめるのは容易《たやす》いです」

林花が言い添える。

「私、どうしても母に会いたかったんです。いつもありがとう、育ててくれてありがとう。それだけでも伝えたかった。だから、噂を聞いて臘月宮に向かいました。でも、本殿に入ってすぐに墨蘭様に見つかってしまって、母は個室に移されました。墨蘭様は次に同じことをしたらただでは済まないと怒ってらっしゃって……。いけないことをしたと思って、周りには黙っていたのです」

「だから親子なのを黙っていたんだね」

陳思は納得がいった様子で頷く。

「高玉様はその時白麗を見て自分の娘だと悟り、臘月宮の宮女をしていると推測されたのでしょう。ですが、ここでは母と子が話すことさえ、許されないのですね」

「そうさ。亡くなった家族を持つ者の多くが死んだ家族に会うことを望むだろう。その出会いは残された家族の心の傷を癒《いや》し、救うだろう。けど、救ってはいけないんだ」

墨蘭が嫌うのは冥界が現世に影響を与えることであって、善悪は関係ない。二つの世界を交わらせないように監視することが彼女の役目なのだ。人の心を救うようなやり取りは、死者と生者の間で直接行われてはいけない。

「墨蘭様はどうやって二人が親子だと知ったのでしょう？」

林花は納得がいかなかったが、陳思は笑って一蹴した。

「あの方は何でも知っているんだよ。何でもね」

超常的な術を使う主を普通の常識に当てはめるのは無駄だというような口調だ。

「悪いけど、高玉様に会わせることは出来ないんだ。でも、それ以外ならあたしも林花も協力するよ。白麗、あんたはどうしたい？」

陳思は尋ねる。

「……母のそばにいたいです」

それは、十二歳の少女の切なる願いだった。白麗の瞳は後ろめたそうに左右に揺れる。

まだ幼い白麗が母と離れたくないのは当然のことだ。

「では、高玉様が何をお望みか分かりますか？」

林花はしゃがんで白麗と目を合わせた。

「……私に紅焼肉を作ってほしいのだと思います」

「それはなぜ？」

「私に別れを言ってほしいんです。死んでしまったから……別れないといけないから」

白麗の顔がくしゃりと歪《ゆが》んだ。

「でも、いや……。お母さんはいつも自分のことは後回しで、私のために働いてくれて、これから私が楽させる番なのに……お別れなんて」

大粒の涙が零《こぼ》れ、厨房の床にしずくが落ちた。

「私が、母さんに――」

涙に咳《せ》き込《こ》みながら白麗は泣いた。

寄る辺もなく泣いている白麗に近寄り、林花はその頭を抱きしめた。

嗚咽《おえつ》する声から、痛いほどの悲しみが伝わる。

「酷な話をしているのは分かっています。それでも高玉様をあの世に送り届けることが出来るのは、あなた以外にいないのです」

白麗は声を上げて泣いた。泣き続ける彼女を、林花はただ黙って抱きしめていた。


白麗は調理場の隅で目を覚ました。

涙の痕が残る顔を布で拭いて、白麗は立ち上がった。

「落ち着きましたか？」

重ねた食器を抱えた林花が声をかける。白麗の涙で濡《ぬ》れてしまったのだろう、服を着替えていた。

「ご迷惑をおかけしました」

白麗は申し訳なさそうに謝った。

「いいえ、私ももっとあなたの気持ちを考えるべきでした」

林花は食器を置くと、水筒に入った生姜湯を持ってきて白麗に飲ませた。臘月宮にある食材は全て冥界のもので、生者である宮女たちは現世から持ち込まないと水も飲めなかった。

「でも、このまま放っておくと、いずれ高玉様は鬼になってしまうかもしれない。それは覚えておいてください」

諭すように林花は言った。

生姜湯を飲み干して白麗は息をつく。

生姜と蜂蜜が入っていて、泣いて傷んだ喉に染み入った。

昔、風邪の時に母が同じものを飲ませてくれた。

風邪をひきがちだった白麗はいつも母に心配をかけていて、早く母を安心させることが出来るような立派な大人になりたいと思ったものだった。

しかし、そんな機会が訪れる前に母は亡くなってしまった。親離れが出来ずに死霊の宮殿まで母を追いかけてきた娘を見て、きっと母は今も心配なのだろう。

「──私、立派な女官になって、母に楽をさせてあげたかったんです」

「ええ」

白麗の横に座り、林花は頷いた。竈のそばにいた陳思も仕事の手を止めてこちらにやって来た。

「でも間に合わなかった。それで、慌てて母を追いかけて、臘月宮まで来た。母さんに一目会いたかった。でも、それ以上に人生の目標がなくなってしまうのが怖かった。母がいなくなったら私はいったい誰のために生きればいいんだろう。そう思って」

「ええ」

「ひどい子供ですよね。自分のことばかり心配して。本当にひどい。母さんがかわいそう」

白麗はそう言って視線を落とした。

「そんなことはありません。家族に楽をさせることを人生の目標にしていたのを恥と思っているなら、それは間違っています」

「ああ、林花が正しいよ。それにね、そんなこと言われちゃ、子を立派に育てるのを目標にしてる親たちの立つ瀬がないだろう。そりゃあ子供の方から見たら先に死んだ親の方はいかにも満足げな顔で逝っちまって、自分は借金でも背負ったような気分で取り残されるんだからたまらないだろうけどさ」

陳思はバツが悪そうに言った。

「私も昔は白麗と同じでしたよ。父を亡くした時は、目の前が真っ暗でした」

「林花様も――？」

白麗は顔を上げる。白麗にとって、林花はどんな問題にも粛々と対処する大人に見えた。たとえ壁にぶつかってもくよくよと悩んだりすることはないと思っていた。

「ええ、同じです」

林花は頷く。父は隣国の宮廷料理人だった。林花は料理の腕を磨き、いつか父のような立派な料理人になることを夢見ていた。

しかし、その夢はあっけなく潰《つい》えた。ある日、父は罪人として王に処刑された。

「あの、次の目標は見つかりましたか？」

おずおずと白麗が訊く。

「見つかりましたよ」

林花は少し困ったような顔をして微笑んだ。

「見つかるに決まってるだろう」陳思は少し怒ったような顔で言った。「だって、あんたたちは生きてるんだから」

「そう、ですよね。贅沢を言っていますよね」

「そうじゃないよ。生きているってのはけっこう忙しいものさ。飯を食ったり眠ったり、掃除をして洗濯をして、憚《はばか》りにも行かなけりゃいけない。恋もするし、仕事はひっきりなしにやって来る。目標なんて、頼まなくても向こうからやって来る。そういうもんだ。死んでみれば分かるよ」

陳思は苦笑いした。

「だから、あんたは今やりたいことをやればいいのさ。高玉様に料理を作ってあげてもいいし、作らずにもう少し母親の気配を感じていたいってんならそれでもいい。どっちにしても高玉様は分かってくれるだろう」

白麗は自信のない様子で林花を見た。

林花は黙って頷く。

視線を膝に落として白麗はしばらく考えていた。自分の望むことと母の望むことが頭の中を駆け巡った。それから、二人の助言を反芻《はんすう》する。

「──私、料理を作ります。その、母とはいっしょにいたいです。離れるのも怖いです。でも、それ以上に母を安心させたいんです。今更かもしれないですけど、母がそれを願っているのならそうしたいです」

「手を貸しますよ」

その決意を聞き、林花はそっと幼い後輩の頭を撫でた。

◆◆◆

白麗は皮の付いた豚の腹肉をまな板に載せると、大きめの角切りにした。

鍋で豚腹肉を炒《いた》めて表面に焼き色を付ける。

肉から染み出た脂を捨て、水、葱、生姜、紹興酒を入れ、薪を間引いて弱火にした。

「それから──」

白麗は目線を揺らして、一瞬手を止めた。

「丁寧に灰汁を取って、全体に火が通ったら一度取り出して水で洗ってください」

林花の力強い助言を聞いて、白麗は「はい」と返事をした。

豚肉を皿に取り出し、鍋で砂糖を炒める。ふつふつと砂糖が沸騰して赤く色づく。

「砂糖は焦がしすぎると苦くなります。色が変わったら手早く」

林花の指示に従って、白麗は急いで次の作業に移った。

鍋に豚腹を戻し、砂糖にからめる。

水を入れ、醬《ひしお》、八角、山椒《さんしょう》、紹興酒、そして菊の花を加えた。

香辛料の香りが周囲に広がる。

半刻ほど煮込み、白麗は味が整うのを待った。

「味見、お願いします！」

白麗は料理長に頭を下げる。陳思は煮汁の味を確かめて、少し酒を足すように指示する。

弱火を保ちながら、煮汁がなくなるまで一刻ほど煮詰めることになる。

陳思は椅子に座って休憩に入ったが、白麗は休まずに鍋の様子を見つめた。

鍋を火からおろし、最後に上から菊の花を散らした。脂の香りに混じって花の香りがふんわりと漂った。

陳思は味をみて、「出しな」とひとこと言った。

蓋つきの器に紅焼肉を盛りつけ、林花はそれを盆に載せる。

白麗は黙って個室に向かう林花の後ろについてきた。

「白麗、ここまでです」

高玉のいる個室の曲がり角で林花は足を止める。

白麗は床を見つめるようにして頷く。

林花は白麗の肩を軽く叩いてから、個室の鍵を開けた。


「遅かったわね」

扉を開けると、高玉はいつもの真《ま》っ直《す》ぐな姿勢で林花を見つめた。

「申し訳ありません」

林花はいつものように食卓の横について給仕をする。

高玉の前に器を置いて蓋を開けると、閉じ込められていた菊の香りが湯気と一緒に広がった。

「これは……」

高玉は目を見開いて、少しの間紅焼肉を見つめた。

「お気に召しませんか」

「いいえ、間違えるはずがないわ。私の故郷の香りよ」

高玉はもう一度香りを確かめるように息を吸った。

手を止めて、深く息を吐く。

緊張した様子で紅焼肉を一つ箸で取り上げた。

口に入れると柔らかな脂がはじけ、噛まずに肉はほぐれていく。八角や生姜の香りが鼻に抜け、最後に菊の花のさわやかな香りが口に残った。

高玉の心に、都にある我が家の景色が浮かぶ。戦で故郷から逃げてきて、不慣れな都で身を粉にして働いて買った家だ。

年末、大通りは春節の祝いの用意をしている。三年ぶりに取れた休み。市場で豚肉を買い求め、疲れた体を引きずるようにして家路につく。

狭い庭には、一叢《ひとむら》の菊の花が咲いている。菊の花は行商人から株分けしてもらったもので、高玉にとって菊は遠い故郷を感じられる心の支えだった。

家の前では小さな娘が自分の帰りを待っていた。遠くで聞こえる祭りの喧騒の中、二人で家に入った。

荷をほどき料理を始める。手伝おうとする娘を危ないからと竈から遠ざけた。

「――次に帰ってきたら、私が料理するからね」

そう言って娘は不満そうに頬を膨らませた。

高玉は納得したように一つ頷く。

林花は黙って杯に黄酒を注いだ。

「あの子が作ったのね」

「ええ」

「あなたが手を貸したのかしら。あの子はこんなにうまく紅焼肉を作れなかったわ」

「私は横で助言をしただけです」

「そう……成長するわよね。前に会ったのは二年前ですもの。臘月宮で見かけた時は、ずいぶん背が伸びていたわ——辛《つら》いことをさせたわね。私を送り出す料理を作らせるなんて」

高玉は小さな後悔を覚えて視線を落とした。

「娘さんのためにこの料理を頼まれたのですね」

「……いいえ、私のためですよ」

高玉は笑みを作る。

「娘に送り出してほしかったのは本当です。でも、それ以上にあの子の料理を食べてみたかったの。母から教わった紅焼肉の味を娘に伝えられた。こんなに嬉《うれ》しいことはありません。私がいなくても、娘は一人で育っていたのね」

「いいえ——高玉様がお育てになられた娘さんです」

否定するでもなくやんわりと言い、林花は付け合わせの高菜《たかな》と胡瓜《きゅうり》の漬物を差し出す。

「……ありがとう」

高玉は涙をこらえるようにして俯《うつむ》いた。

「私のわがままで、あなたには迷惑をかけてしまったわね」

「それが私の仕事ですから」

「ええ、娘は先輩に恵まれたようね」

高玉は紅焼肉をもう一つ口に入れると、黄酒を飲んだ。

酒が紅焼肉の香りと交じり合い、脂を洗い流した。もう満足だ、思い残すことはない。人生を走り切った小さな達成感が胸に灯った。

箸を置いて高玉は立ち上がり、深く頭を下げた。

「気が弱いところもありますが、優しい子です。どうかあの子のことをよろしくお願いします」

臘月宮の女官は食事以外の死者の願いを聞くことは禁じられている。声に出して返事をすることは出来なかった。

林花はただ、小さく頷いた。

◆◆◆

食事が終わり、高玉は朧月宮の奥にある黒い門の前に立った。

「ご迷惑をおかけしました」

門の前で待つ墨蘭に高玉は頭を下げる。

「いいさ。ここはお前みたいな者をもてなす宮殿だ」

墨蘭は素っ気なく答えて門に向かう。


「冥帝の名において、従僕たちに道を開け」

柏手《かしわで》を一つ打つと、門はひとりでに開いた。

門の奥には光も通さない深い闇が凝《こご》っているのが見える。

命ある者を決して受け入れない冷気がじわりと門の外に染み出ていた。

林花は広間の方に気配を感じて振り返った。誰かが息を殺して門の様子を窺っていた。

白麗だろうとあたりをつけて、小さく息を吐く。墨蘭にばれないはずはない。後でお叱りを受けるだろう。

白麗の行動を内心でたしなめながらも、罰を受ける覚悟でやっているのならばとやかく言うまいと林花はあきらめた。

「高玉様、人生はいかがでしたか？」

林花は水を向けるように訊いた。

高玉は足を止めて向き直る。

「ひどいものでした。子供の頃から世の中は戦ばかりで、親は早くに亡くなった。結ばれた夫とも数年で死別。食わずにはおれぬから、疲れた体を酷使して働き続ける毎日。なぜ自分ばかり孤独に生きねばならないのかと神様を恨みました」

言葉を切って、彼女は広間に目を向けた。

「ずっと孤独だった。だから、夫が残してくれた子が生まれてからは、けっこう楽しかったわ」

満足そうに笑うと、高玉は門の奥に足を踏み入れた。

林花の方を見て、高玉はもう一度小さく頭を下げる。

「冥帝の名において、御霊《みたま》を鬼門に送る」

墨蘭がもう一度柏手を打つと、門は高玉を呑《の》み込《こ》み閉じた。

柱の裏から小さなすすり泣きが聞こえていた。

◆◆◆

「調理場を手伝いたい？」

陳思は驚いて大きな声を出した。

調理場で働く霊たちも驚いて振り返る。

「はい、墨蘭様に許可はいただきました」

頷いたのは白麗だった。意思を固めた目で陳思を見上げる。

「墨蘭様がいいとおっしゃっているなら、あたしが口を出すことはないよ。でも、どういう風の吹き回しだい？」

「私、立派な女官になりたいんです。母さんや、林花様のような」

「林花が立派な女官かい？」

「もちろんです」

陳思の問いに白麗は目を輝かせて答えた。

「なるほど、手っ取り早く林花を真似ようってわけか。でも、それはちょっと安易じゃないか？」

「……駄目でしょうか？」

白麗は不安げに訊いた。

「いいや、好きにやればいい、どうせ責任は女官たちがとるさ」

大きな声で笑って、陳思は調理場に戻った。

白麗は料理長の背中に頭を下げ、広間に足を向ける。

調理場の大扉を開けると、何かが崩れる音がして犬の鳴き声が聞こえた。

「白麗、手を貸してください！」

林花の悲鳴を聞き、白麗は急いで本殿の外に向かった。

「なあ、生きるってのは忙しいもんだろう？」

陳思は調理場の窓を開けて独りごちた。

裏庭には、新しく植えられた菊の花が優しく風に揺れていた。

弐　皇女の猫耳朶

冬も深まった夕刻。その日も臘月宮の広間には客が溢れていた。

龍が彫られた八人がけの卓が六つに鳳凰《ほうおう》の絵付けがされた四人がけの卓が二十、等間隔に並べられている。窓はないが壁には木彫りの飾り窓が並び、幾何学的な流水紋が広間を華美に彩っている。

白麗が扉を開け、広間に駆け込んだ。

「墨蘭様、お手紙です――墨蘭様！」

彼女はあわただしい様子で広間を見回した。

「白麗、静かに」

林花は鋭く若い宮女をたしなめた。

「騒がしいね」

奥の扉が開き、黒い深衣を着た背の高い女が姿を現す。深衣の刺繍《ししゅう》は雲に竜胆《りんどう》。長く真っ白な髪を結い上げ、瑪瑙《めのう》と紫水晶をあしらった簪で飾っている。普通の女官とは違う圧倒的な存在感――あるいは普通の人間とは一線を画す気配を持った女だ。

広間で立ち働いていた宮女たちは手を止め、一斉に頭を下げる。

「あ、墨蘭様！」

白麗はまだ興奮が冷めない様子で手紙を差し出す。

「麒麟《きりん》に蓮《はす》——帝の印か」

墨蘭は無造作に手紙を開いた。

「皇城に来訪せよ——ね。無理だね、先約がある」

「え？」

白麗は目を見開いた。帝の呼び出しを断る人間がいるなど考えたことさえなかったのだ。下町に住んでいた白麗からすれば、帝は顔を見ることさえ許されない雲の上の人だ。林花も少なからず驚く。臘月宮の主がただ者ではないとは思っていたが、帝に否を突き付けられるほどの立場とは思っていなかった。

「断れと言ったんだ」

手紙を返されて白麗は困惑した顔で立ち尽くしている。手紙を運んできた帝の使者は、門の外で返事を待っている。自分の口で使者に断りを入れるのが怖くなったのだろう。

「私が行きましょうか？」

見かねた林花が口をはさんだ。

「お前には別の仕事がある。外出の用意だ」

「分かりました。出来ますか、白麗」

年上の林花が顔を見せたことで安心したのか、白麗は頷く。

白麗にとって林花は頼れる上司だ。失敗をしても助けてくれるという確信があった。

「では、御輿《みこし》を手配します」

白麗の背中を押し、林花は広間から出て行った。


しばらくして、墨蘭は黒い輿に乗り、林花を伴って後宮の西に向かった。

極彩色の瓦に覆われた背の高い屋根が見える。光の宮——初霜宮だ。朱を施された赤色の壁に黄色の瑠璃瓦。色彩も豊かな宮殿は鮮やかな文様で彩られ、金銀を施された回廊は極彩色の彩画で飾られ、別世界のように美しい。帳《とばり》を下ろす夕闇を追い払うようにたくさんの吊《つ》り行燈《あんどん》が宮殿に灯り、煌々《こうこう》と周囲を照らしている。大門の前には数十人の女官、宦官《かんがん》が並んで墨蘭の来訪を待っていた。全員が薄水色の上下で統一されていて、見るだけでも壮観だ。広さも使用人の数も、臘月宮とは桁違いだった。

他に注目すべき点として、この宮殿には猫が多かった。

毛の長いものや瞳が青い白猫など、ざっと見ただけで十匹の猫が庭園を歩いている。

ここの主人の飼い猫だろうか。

「いらっしゃいませ」

墨蘭が輿から姿を現すと、数十人の従者たちは一斉に頭を下げた。

こうした場に慣れない林花は落ち着かない様子で礼を返す。

彼らを従えて先頭で出迎えたのは、白い襦裙を着た黒髪の女性だ。水仙を象《かたど》った簪で長い髪を結い、金糸で刺繍した絹を使って背中でまとめている。墨蘭に劣らぬほど背が高いが、体は細く、肌は白磁のように白い。その美しさに林花は息を呑んだ。

「ようこそおいでくださいました。墨蘭様」

現皇帝の姉、黄陽子《こうようし》。墨蘭が帝のお召しを断って会いに来た相手は彼女だった。

年は帝より一回り上で、先代の帝が亡くなってから今上帝が成人するまで摂政を務めた才媛。農業の発展、貧民の救済に力を尽くし、水害の地には治水を施し、飢饉《ききん》の時には先頭に立って城内の備蓄を放出したという。民からの人気は高く、神様のようにあがめる者もいる。平民出身の林花にとっても憧れの人だった。

皇族であることもさることながら、尊敬している女性を目の前にして林花は畏敬の念を抱き頭を下げた。

その隣に控えているのは男性――宦官だ。師伯《しはく》、背の高い赤の官服姿で、後宮の妃たちよりも容姿が整った麗人だ。商業が盛んな東部地方を領地とする貴族、師家の出だ。

先代の皇帝の時から後宮にいる古株で、かつては姉で淑妃《しゅくひ》の師翠玉《しすいぎょく》に仕え、今は姪《めい》で妃である師華《しか》淑妃に仕えている。

位は宦官の長である太監《たいかん》だ。現在最高位の妃である師華の後見人として後宮を取り仕切っている。

師伯は黙って頭を下げた。

陽子は愛想よく墨蘭たちを招き入れる。

宮殿の中でも猫は我が物顔で歩いていた。邪険にする者はおらず、思いのほか優遇されているらしい。

廊下でも香が焚《た》かれ、貴族の女官たちによって演奏される琵琶《びわ》や胡弓《こきゆう》が聞こえていた。

「太冥令《たいみようれい》がそろって出迎えとは、大した歓迎ぶりだ」

墨蘭は眉も動かさずに言った。

〈太冥令〉という初めて聞く役職に林花は首をひねった。

「臘月宮の冥府の門の存在を知り、承認する秘せられた役職です。いくら墨蘭様が不思議な術を使おうと、誰にも知られずに宮殿を維持するのは不可能ですから。秘密を知りそれを守る者が外部にも必要なのですよ」

林花の表情を読んだのか、陽子が言い添えた。顔が近づき、かすかに芍薬《しやくやく》の香が香る。

皇女に話しかけられたことに驚き、林花は恐縮した。

「あなたもお座りなさい」

広間に入った黄陽子は林花にも椅子を勧めた。墨蘭がとがめる様子はないので、礼を言って席に着く。

従者の扱いとしては丁重すぎる気がして、かえって居心地が悪い。

「お酒は？」

「煙草《たばこ》をもらうよ」

墨蘭が言うと、そばの女官たちが速やかに煙草盆と、青磁に入った数種類の刻み煙草を用意する。

その中の一つを指さすと、女官は刻み煙草を煙管《キセル》に詰めて火を付けた。

「珍しいね。あんたが私と話したいなんて」

紫煙を燻《くゆ》らせて墨蘭が言った。

「警戒せずに話せる相手はあなただけなのです。先月に帝が狙われて以来、城内は敵も味方も分からない状態です」

「私は反対したのですがね。腹を割って話すにふさわしい相手ではありません」

師伯は不満そうに眉間に皺を寄せる。

新年の行幸の際に御輿に矢が放たれ、帝の黄辛《こうしん》が大怪我をした。幸い一命はとりとめたが、危険な状態だったらしい。戦乱の炎はまだくすぶっている。帝を失えば、また戦の世に戻りかねない。実際に帝が矢を受けたと聞いた諸侯の多くは即座に戦の準備を始めたそうだ。土地を奪われた恨み、家族を殺された恨み、田畑を焼かれた恨み、そんな怨念がこの国にはまだ消えずに残っている。

都の衛兵たちは血眼になって捜査をしているが、犯人はまだ捕まっていなかった。誰が放った暗殺者なのか憶測が飛び、城内は疑心暗鬼になっていた。

「お前もしばらく寝込んでいたと聞いたが、良いのかい？」

「帝があんなことになれば、倒れもします」

陽子は不安げに眉を寄せた。

「体調が悪いのはもっと前からだろう」

「どうだったかしら。でも、皇帝陛下が刺客に襲われたと聞いて倒れたのは本当よ。心の臓が止まるかと思ったわ」

陽子は怯《おび》えるように体を搔《か》き抱《いだ》いた。

「最近は宮廷でも病にかかる者が多いようだ。毒を盛られているのではないかと疑う者もいる」

師伯はそう言って油断のない様子で墨蘭を観察する。

「……どうかね」

墨蘭は静かな目で見返した。

「あなたはどう思う？　帝のお命を狙い、この国を崩壊させようとする者がいる。放っておけないわよね」

陽子に話を振られて林花は戸惑う。

「黄辛様が崩御されれば、今の平和な世は終わるでしょう。ですが――」

深く息を吐いてから、林花はあえて表情を消した。

「――私の計り知れることではなさそうです」

林花は目を伏せて黙る。だが、陽子の追及は止まらない。

「なら、帝のお命を狙った者は誰かしら。きっともう口封じのために消されていると思うのだけれど、あなたは臘月宮でその者を見なかった？」

皇女に鋭く見つめられ、林花は言葉に詰まった。陽子も師伯も臘月宮の真の姿を知っていて情報を引き出そうとしていた。先ほど話しかけてきたのも心理的な距離を縮めて情報を引き出すためかと、林花は憮然《ぶぜん》とする。

「私たちの意見を聞くのはなしだ」

声高に墨蘭が言った。宮廷の高官には最近亡くなって臘月宮に来た者がいる。その死因が毒によるものであることも林花は知っていた。臘月宮の女官は客の死に関する情報を知ることが許可されるからだ。

しかし、林花がそれを口にするわけにはいかない。

〈話してはいけない〉

臘月宮で知ったことを臘月宮の外で話してはいけない、それが決まりだ。破れば恐ろしい罰が待っている。

「よく躾けられているな」

師伯は苛立った様子で言った。

「当たり前だ」

墨蘭は二人を睨みつける。

「でも、敵が誰かは分かっているの」

視線を受け止めて陽子が言った。

「ほう」

「将軍たちよ。戦の世が終わり、兵たちが不要な時代が来る。彼らにとっては自分の地位が脅かされる不遇の時代です」

林花は嫌な気分になって眉をひそめる。

長く戦乱の世が続き、民も兵たちも戦にくたびれ果てていたはずだ。それなのに、いざ平和が来てみれば、戦の世に戻りたいと思う者がいるのだから、人という生き物は救われない。

「武官連中と宦官の権力争いか、勤勉なことだね」

墨蘭は苦々しそうに薄い煙を吐いた。

「国を平定したら、今度は内部から崩れていく。まるで砂のお城だわ」

息を吐いて陽子が目配せすると、軽食が運ばれてきた。毒見の女官が呼ばれ、一つ一つ口に運んで毒がないことを確認する。

軽食を運んできた女官と一緒に猫が二匹入ってきた。咎《とが》める者がいないのをいいことに猫たちは部屋の隅に居座った。

林花は、毒見の女官の手が震えているのに気づき、暗殺の恐怖が彼女たちのすぐそばまで忍び寄っていることを感じた。肉や魚もあるのに、猫たちが近づこうとさえしないのが不気味だった。

「最近帝には会ったか？」

「いいえ、新年の事件以来お顔を拝見していないわ。でも、そんなものです。父上――黄淵《こうえん》が帝だった時だって、年に二、三度お会い出来ればいい方でした。遠征で何年も会えないこともありました。無理をしていないといいのだけれど……」

陽子はため息をつく。先ほどまでの威厳に溢れた様子とは打って変わって、家族を想う普通の女性らしい表情がかいま見えた。

「子供の頃はよかったわ。一緒に城の中を探検したり、厨房にも忍び込んで。なんて言ったかしら、耳の料理を食べたの」

思いを巡らせるように、陽子は墨蘭の煙管から出る煙を見つめる。

「耳だと？」

「そう、猫の耳よ」

墨蘭は眉を顰《ひそ》めて林花を見た。林花も知らない料理だ。小さく首を振った。

近くにいた白猫を見つめると、猫は恐れるように卓の下に隠れた。

「実際にはありえないことですよね。昔のことですもの、本当かどうかも分かりません」

陽子は飴細工《あめざいく》を折って口に運ぼうとしたが、毒を警戒しているのだろう。ためらってから皿に戻した。

「時々、自分が普通の家庭に生まれていたらと想像することがあります。小さな商人の家で、家族は手の届く距離にいて、私と母が作った温かい料理を食べて美味しいって笑い合うの——。無理ですよね。皇族は何不自由ないけれど、民が持つ家族の暖かさは、いくら望んでも手に入ることはないのです」

陽子は喋りすぎたと思ったのか、取り繕うように笑顔を作った。その姿に、師伯さえも困惑した顔をする。

皇女に生まれ、誰よりも恵まれた暮らしをしてきた黄陽子だが、そんな彼女でも幸せを手に入れることは容易ではないようだ。

「——正直に話すわ。私には毒が盛られている。水なのか、薬なのか、それとも食事なのかは分かりません。多分、帝も狙われているでしょう。墨蘭、帝を——弟を助けてくれませんか」

陽子はまっすぐに墨蘭を見つめた。

その切実な姿を見て、林花は心を打たれた。

自分であれば手を差し伸べてしまうだろうが――

「無理だね。私は誰の味方でもない」

「貴様、陽子様の御心が分からぬのか！」

師伯が立ち上がった。

「何度も言わせるな――無理だ」

墨蘭が睨むと、師伯は壁にでも押されたように後ろに下がった。

死者から聞いた情報を教えれば、将軍たちを罰する証拠をつかむことも出来るかもしれない。だが、それは臘月宮の決まりを破ることだ。臘月宮の主である彼女がそれをすることはない。

「そうよね。無理を言ったわ」

暗殺を企む敵に動きあぐねているのだろう。家族を守るために手を尽くそうとして、本来頼るべきではない墨蘭にまで頭を下げた。そして、それも無駄に終わった。

うちひしがれた様子で陽子は額に手をやった。

「もう一つ訊いていいかしら。私がいつ死ぬか教えてほしいの」

陽子の黒い瞳がはかなげに揺れた。

「知らないね」

墨蘭はやはり冷たくあしらう。

話はそれで終わり、墨蘭は初霜宮を後にした。

林花は黙って輿の後ろを歩いた。陽子の命が危ないという話を思い出し、言い知れない不安が心に宿った。

後宮は暗闇に沈み、まだ眠らない皇城だけが明かりを灯していた。

「――姉を見舞えばいいものを」

墨蘭は輿から、皇城を見上げた。

◆◆◆

初霜宮を訪れた次の日、林花は日没前に朧月宮の本殿に向かった。

廊下を抜けて扉を開ける。いつもであれば、そこには客で溢れる広間が見えるはずだ。

しかし、扉の先には何もなかった。

三十丈の石の床が広がり、奥に神棚のようなものがあるだけで、大きな料理卓もなく、飾り窓や吊り灯籠も消えている。林花は愕然として広間を見回した。

薄闇を切り取るように、広い空間に墨蘭が一人立っていた。

林花は驚いて立ち尽くす。しんとした静寂が広間を包んでいた。

「何か用か？」

林花を見つけて墨蘭が言った。

「帝の晩餐の準備のために外出をいたしますので、お声がけをしに来ました」

先日墨蘭に来訪を断られた帝は、今度は自分から臘月宮を訪ねると手紙をよこした。臘月宮の中で死霊に提供される食材と、現世の人間が食べる食材は違う。臘月宮で出される料理は冥界の食材で出来ている。口にすれば冥界に魂をとらわれてしまう。ヨモツヘグイという言葉がある。冥界のものを口にして、体が冥界から戻れなくなることを言う。あの世のものを食べると、生者は体が変質してしまい、冥界に引き寄せられてしまうらしい。帝に宮殿で提供している料理を出すわけにはいかなかった。

「そうか、宮女たちも連れて行って仕入れを教えてやりな」

墨蘭の言葉に林花は頷く。いつも死者を相手に仕事している宮女たちだ。外に出られるのは彼女たちにとって良い息抜きになるはずだ。不愛想だが、墨蘭は使用人たちをよく見ている。

「みな喜ぶでしょう」

「ああ、きちんと監視しな」

「仰せの通りにいたします」

「ふん、変わるものだ。野良犬のようだった娘がもう宮女たちを仕切るようになった」

墨蘭は林花の顔を眺める。

後宮に入る前、林花は他国の間諜《かんちょう》だった。

半年前、大将軍留魁《りゅうかい》の命で都の間諜の調査が行われ、林花は運悪く正体を見破られてしまった。衛兵たちに囲まれ、首をはねられかけたところを助けてくれたのが墨蘭だった。霊を見ることが出来る林花の体質を見抜き、怪しげな術で林花を救った。

「命を救って頂いたご恩は、忘れません」

「私はお前と取引をしたんだ。お前は臘月宮で働く。代価として私はお前の願いを一つ叶える。恩などないね」

墨蘭は何もない石の床をコツコツと歩いて見せる。

「……あの、今霊たちはどこにいるのでしょうか」

林花は客で満ちているはずの広間を見回した。むき出しの石床に飾り窓もない壁。まるで廃墟《はいきょ》だった。

「見えなくしただけだ。たまには静かなのもいいだろう」

墨蘭は霊を見せることも見えなくすることも自在だと言う。

林花は館の主に強い畏怖を感じた。鬼となった死霊を調伏し、冥界に通じる門を自在に開く。一体何者なのだろうという疑問が再度湧きあがる。

「お前は、陽子を助けない私を非道だと思うか」

「私には分かりませんが、墨蘭様には墨蘭様の理由があるのだと思います」

林花の答えを聞いて、墨蘭はしばし黙った。

「――いいや、私は非道だよ」

墨蘭が両腕を広げたかと思うと、その瞬間。彼女の周りに暗闇が集まったように感じた。

「〈冥帝、堯帝《ぎょうてい》の名において、饕餮《とうてつ》よ。御身を現せ〉」

墨蘭は柏手を打った。

パアンという音の残響とともに、林花の視界が歪む。

瞬きすると広間には卓が現れ、動きを止めた霊が溢れた。飾り窓や吊り灯籠も元に戻っている。

慣れ親しんだいつもの臘月宮の風景だった。

「さあ行きな。仕事だろう」

墨蘭は背中を向けて、奥の私室に戻って行った。

外に出た林花は、陽春宮に向かった。

師伯の姪である師華淑妃の宮殿であり、東西に三里、南北に四里ある後宮で最も大きな宮殿だ。敷地内には大きな倉庫が並び、後宮に納められる商品はいったんこの宮殿に集積されてから各宮殿に分配される。欲しいものは大抵ここで手に入った。東の島から来る巨大なサメのヒレ、西の果てから来る血のような葡萄酒《ぶどうしゅ》、南から運ばれた鮮烈な香りの果物の数々、それらをここでは一度に目にすることが出来た。

美しい瑠璃瓦の連なる陽春宮の殿舎は、さながら都の繁華街のようだった。石造りの巨大な倉庫に今日もたくさんの品々が運び込まれている。今も宮女や宦官はぶつかり合い、怒鳴り合いながら荒っぽく荷運びをしていた。

喧騒を見ながら林花たちは歩いた。若い白麗は仕入れを楽しみにしていた。

理由は、主の目をごまかしてお菓子などを手に入れることが出来るからだ。それに、倉庫街に行けば異国から運ばれてきた美しい織物や、装飾品を目にすることが出来る。きれいなものに目がない宮女たちは、それを見つめるだけで幸せな気分になれるのだ。

しかし、墨蘭のことだ。仕入れをごまかしてお菓子を手に入れるのも、気を抜いて羽を伸ばすのも計算の内なのだろう。

そう考えると、今自分が行動しているうちのどこまでが自分の意志で、どこからが墨蘭の予定内の行動なのか分からなくなってくる。なんだか怖くなって林花は頭を振った。

――今は帝をもてなす料理を決めなければならない。

霊たちは現世のことに口出しは出来ないので、献立は林花が考える必要がある。責任は重大だ。

気分を切り替えて、林花は自分の頬を張った。

「先に仕入れをすませますよ！」

林花は声を上げて宮女たちに指示を出した。

◆◆◆

食材を手に入れて朧月宮に帰ると、陳思に墨蘭の私室に行くように言われた。

本殿の奥にある個室で、壁には華美な竜紋が刻まれている。広い部屋に机が一つあり年季の入った筆と大きな硯《すずり》が置かれている。それ以外には目立ったものはない。

「手紙を頼む。初霜宮だ、内容を見てから持っていきな」

墨蘭は畳んだだけの簡素な手紙を差し出す。

言われるままに手紙を開き、黙読して林花は目を見張った。驚きと深い悲しみが林花の心を揺らした。

墨蘭は黙って返事を待った。

「……分かりました」

手紙を畳んで林花は頷いた。

初霜宮に着くと、せわしなく走り回る人々が目に入った。

黒い布を持ち、広い宮殿の灯籠に順番に火を灯している。女官も宦官も忙しそうに言葉を交わしている。

門の前にいた女官に声をかけて、林花は宮殿の中に入る。

探し物をするように宮殿を歩き、階段に差し掛かったところで声が聞こえた。

「みんな私を無視するのね。私は弟に会いに行きたいの。それがそんなに難しいことなの？」

声の方に振り返り、林花は急いで二階に上がる。立ち働く宦官に向かって怒鳴っている女性を見つけた。

黄陽子だった。染み一つない白い襦裙に、亜麻色の上着をまとっている。

「私の体調が悪いのは病気ではありません。毒を盛られていたの。長い時間をかけて蓄積する毒よ。犯人も分かりました。大将軍の留魁よ。弟に、皇帝にお知らせしないといけないのに！」

宮殿にいる女官たちは、まるで聞こえていないような素振りで軒下に黒い布を掛けていく。苛立ちを募らせたように、声は大きくなった。

「私は明日死ぬかもしれないのよ。その前に家族と、弟と会いたいの。姉として伝えたいことがあるの。それがわがままだって言うの？　ねえ、答えなさいよ‼」

広い廊下を横切り、癇癪《かんしゃく》を起こして怒鳴り散らす皇女の前に林花は立った。

黙って跪《ひざまず》くと、周囲の女官は怪訝《けげん》な顔をした。

「あなたは昨日の……いえ、あなたでもいい。早く帝に――」

「皇女殿下――」

墨蘭の文を差し出し、まっすぐに陽子の目を見つめた。

「あなた様は、亡くなっておられます」

何かを言おうとしていた陽子は言葉を失う。

宮殿中にせわしなく黒い布を張り巡らしている女官たちは、葬礼の準備に追われていたのだった。部屋にいた女官は林花を見て、気味が悪そうに廊下に出た。

静かにゆっくりと、皇女の心に自分の死が沁《し》み込《こ》んでいった。

◆◆◆

本殿の広間は、今日もざわめきに包まれていた。岩蟹や、海亀、鮑など、世界の珍味がここでは味わえる。初めて見る料理に、歓声を上げる客も珍しくない。

しかし、喧騒から取り残されたように、皇姉陽子は何もない卓の前に座っていた。正面にはこの宮殿の主人である墨蘭が煙管をふかしている。林花は気をもみながら二人を見守った。

「――帝に会わせなさい」

高圧的に睨む陽子の視線を墨蘭は黙って受け止めた。

「無理だね」

「なぜだ！」

「危険だからだ。死者と生者を交わらせるわけにはいかない」

眉も動かさず朧月宮の主人は答える。

〈話してはいけない〉

殺された霊が殺した者の名前を告げることが出来れば、殺人者を罰することが出来る。しかし、それは見方を変えれば死者が生者を殺したことになる。戦場で死んだ霊が戦況を伝えれば、戦争の勝ち負けさえも変わりかねない。死者と生者の情報のやり取りは禁じられている。

「私は皇族ですよ！」

「私の主は帝ではない。お前の言うことを聞く理由はないね」

中原を治める帝が主でないとするなら、墨蘭の主とはいったい誰なのだろう。林花は眉をひそめたが、そのことに言及する者はいない。

陽子は顔色を変える。

「ならば、自分で行くまでです！」

真面目に取り合おうとしない墨蘭の態度にしびれを切らしたのか、陽子は怒鳴って立ち上がる。

「行ってどうする？　この宮殿の外では誰もお前に気付かない。声も届かない。無駄と知っていても足掻《あが》くのか？」

動こうともしない墨蘭を、陽子は悔し気に睨んだ。

「帝の命が危ういのだぞ！　黙って見ている気か!!」

「国が亡《ほろ》ぶことくらい、今まで何度もあったことじゃないか。だが、死者が生者と交われば、この世界の法則がおかしくなってしまう。お前はそれを望むのか？」

目を細めた墨蘭は、人ならざる気迫に満ちていた。陽子は体が怖気るのを感じ顔を背けた。

「最後に……家族に会うことさえ許されないのですか？」

「ほとんどの死者がそれを望む。お前にだけ許すわけにはいかないね」

墨蘭は苦そうに煙管を吸った。

変わらぬ墨蘭の態度に折れたのか、力が抜けたように陽子は椅子に腰を落とした。

「少し頭を冷やしな」

煙草盆に灰を落とすと、墨蘭は背中を向けた。

陽子は脱力して天井を仰いでいた。家族が命を狙われているのを知りながら、何も出来ない自分を嘆いた。

黙って床を見つめる陽子の前に、コトリと茶器が置かれた。急須に湯を入れて、しばらく蒸す。時間をはかるように、林花は湯気を見つめた。

一度急須の中を覗いてから、陽子の茶碗《ちゃわん》に注いだ。

「どうぞ」

目の前に差し出された茶碗を見て、陽子はとっさに毒見役を探した。だが、すぐに気付いて笑う。何を恐れることがあるのか、もう死んでいるのに。

陽子は茶碗を手に取り、一息で飲み干した。

「ありがとう」

毒見をされていない温かい茶を飲んで、陽子は湯気の混じった息を吐いた。

ずっと飲んできたのは霊山の狭い土地で採れる稀少《きしょう》なお茶だが、いつも冷めていて香りもしなかった。死んでからでなければ温かいお茶も飲めないのが皇女の境遇だった。

「人生最後のお食事はいかがいたしますか？」

林花は静かに訊いた。

陽子は自分を落ち着かせるように深く息を吐く。

「……私も何か頼まなければいけないのね」

陽子は周囲を観察した。人々は鮑や海亀、鶴など、高価な食事を楽しんでいる。油や醬が焦げる匂いは食欲をそそるもののはずだ。だが、それらの料理を見ても、陽子には何の感情もわかなかった。

「ごめんなさいね。私は食事を楽しむという気持ちが分からないの」

「分からない――ですか？」

林花は陽子の言葉の意味を捉えかねて眉を寄せる。

「ええ、食事はずっと毒見をされた冷めたものばかりでした。高価だけれど冷たくて美味しくないものばかり口にしてきたせいね。でも、立場があるから会食の場では美味しくないものでも美味しいと言わなければなりません。そんなことを続けるうちに、何が美味しいのかも分からなくなってしまいました」

寂しそうに陽子は言った。豪華な食事に飽きてしまっているように目を伏せた。

「皇族なんてみじめなものですね。家族には会えない、温かい食事は食べられない。あるのは牢獄《ろうごく》のような宮殿だけ。欲しかったのは普通の温かい家庭だったのに」

同じような服を着た兄弟らしき二人の死霊に陽子は目を留めた。料理を分け合う二人を、まぶしそうに見つめる。

「しかし、立派な政治を敷かれたとお聞きしました」

「そんなことはありません。偉くもないし、特別でもない。兵士が槍《やり》を持ち、農民が種をまくように、自分の仕事をしただけなのです。真面目を装って良い姫君を精一杯演じてきただけです」

吐き捨てるように陽子は言った。

「二十歳の時に父、黄淵が戦で亡くなりました。敵の矢を受けたそうです。でも、遺体を見せてもらったら、矢は背中に刺さっていたんです。逃げ出したところを射られたのだと言う方もいましたが、私は違うと思いました。父は、国をまとめるためにとても強引な手を使って味方を集めていたのです。人質を差し出させたり、恫喝《どうかつ》したりやれることは何でもしました。射たのはきっと、味方なのです——。父はひどい人です。でも、戦乱を終わらせるためにあの人はそうしたの。たくさんの人を殺して、たくさんの街を焼いた悪い人です。でも、尊敬していました」

皇女は深く息をついた。疲れた笑いが浮かんでいた。

先代の皇帝は強い武人だった。自分の手を汚すことを恐れず多くの血を流したが、その先にはいつも平和な世界への想いがあった。

「偉大な方でした」

林花も本気でそう思っていた。将軍には二種類いる。戦を終わらせて、自分が要らなくなることを望む将軍と、戦を続けて、永遠に自分の居場所があることを望む将軍だ。

「私は父とは逆のことをした。誰にでも愛される姫になれば平和が続き、自分は殺されることはないと思ったの。そのために、寝る間も惜しんで勉強したわ。善政ってものをね。飢饉の時は倉庫を開き、水害があれば兵たちには治水を行わせた。でも、結局は恨まれていたのよね、殺されたんだもの。誰かを救えば、救えずに見殺しにされた誰かに恨まれる。平等に皆を救うことは出来ない。だから、父は救う人と救わない人を決めて、敵を滅ぼした。分かっていなかったのは私の方だったのね」

もう一杯茶を注ぐと、皇女は温かさを確かめるように茶碗を手で包んだ。

「私は——失敗したのよ」

そう弱弱しく呟いた。

林花は首を振る。

「いいえ、あなた様は貧しく空腹な人にご飯を差し出しました。世の中にそれ以上の正義があるでしょうか」

女性ながら国を支えた陽子を尊敬する者は多い。気の荒い将軍や異国の王たちにもひるまず政治の場で辣腕を振るう彼女は、多くの女性の憧れだった。

そして、林花もその一人だ。

その言葉に、陽子は苦笑いした。

「……最後の食事はあなたに任せるわ。好きなものを選んで」

どこか投げやりに言われ、今度は林花が困る。食べること自体が好きでない人間に何を出せばいいのか思いつかなかった。

しばらく逡巡《しゅんじゅん》してから頷く。

「ご満足のいくものをご用意いたします」

林花は深く頭を下げた。

「気負わなくていいです。どうせ楽しめそうもないから」

つまらなそうに陽子は言った。


「食べる気がないなら放っておけばいいさ」

遠くから様子を見ていた墨蘭はそう言い放った。

「時間はいただくかもしれません。しかし、私たちは〈お客様に満足いただかねばならない〉のですよね。人生最後の食事が美味しくなかったなどと言わせるわけにはまいりません」

林花は姿勢を正した。

自分の仕事として、皇女の最後の食事を良いものにしたかった。

「そうかい。お前も分かってきたじゃないか」

墨蘭はどこか楽しそうに煙管を燻らせた。

◆◆◆

翌日、林花は再度初霜宮に向かっていた。

宮殿は喪に服していて、人もまばらだ。数日前に訪れた時はあんなに人で溢れていた宮殿が閑散としているのを見て、林花は寂しい気持ちになった。

話を聞ける相手を探しながら歩いていると、皇女の寝室を片付けている女官を見つけた。紺の襦裙を着た白髪の女性で、年齢は七十前後だろう。平均寿命は五十歳くらいだから、かなりの高齢と言えた。

皇女の寝室に出入りを許されているのを見ると、皇族付きの侍女か長く仕えた乳母だろう。

「あの、お話いいでしょうか」

「ええと、どなた？」

声をかけると女官は身を硬くした。見知らぬ者から話しかけられて警戒しているようだ。

「臘月宮の者です。我々の宮殿でも陽子様の死を悼み、ささやかながら霊廟に膳をお供えすることになりまして、詳しいお話を伺える方はおられますでしょうか」

林花は用意していた筋書きを話した。

「私で良ければお答えするわ。祭清《さいせい》といいます。皇女様の乳母でした」

表情を緩めて女官は林花に向き直る。

「そちらの品は——陽子様の蔵書でしょうか？」

林花は老婆が片付けていた巻物に目をやった。かなりの巻数のある書で、目を引いた。

「陽子様の日記です。日々の生活や政務のことを毎日お書きになるのが日課でした」

「几帳面《きちょうめん》な方だったのですね」

「ええ、でも、高官の悪口ばかり書かれているわ。人には見せられませんね」

陽子のことを思い出したのか、乳母は寂しそうに笑った。

「それで、陽子様がお好きだった料理などありましたらお教え願えますか。好まれておられた食材などでも構いません」

「食には興味のないお方でしたから。仕事に集中すると何日もお召し上がりにならないこともございました。ただ——」

「ただ？」

「麺などは特に嫌っておられたようです。冷めた麺は食べられたものではないと」

女官は申し訳なさそうに言った。

「そうですか……」

林花は内心失望する。収穫はなさそうだ。

「なら、猫の耳の料理と聞いて、思い当たるものはありませんか？　黄辛様がまだ幼い時の話らしいのですが」

ふと、墨蘭と陽子の会話を思い出して訊いた。

「どうだったかしら――」

記憶を探るように女官は壁に目を向ける。

「そう言えば――まだ幼い黄辛様とお城の厨房を探検したとおっしゃっていたことがあったわ。お小さい頃の辛様は、いつも陽子様とご一緒でね。陽子様も、年の離れた辛様をそれは大事にしておられたのよ。年を取った私にとっては、それもほんの昨日のことのようだわ」

乳母の瞳に涙が浮かんだ。

泣いたことを恥じるように「ごめんなさい」と言って顔をそらす。

林花が手巾を差し出すと、乳母はそれを受け取って顔を覆った。

――あっという間ですねえ。

少し前に臘月宮にやって来た春香という女官の言葉が思い出された。命の長短にかかわらず、一生のうちで体感する時間の長さは同じくらいなのかもしれないと林花は思った。誰しもきっと、人生を終えた最後の言葉は、「あっという間だった」なのだろうから。

「そう、その時に猫の耳を調理して食べたとおっしゃっておられたわ」

「皇女様が調理を⁉」

林花は驚いた。皇族ではまずありえないことだ。

「ええ、そうおっしゃっていたわ」

祭清は頷いた。

料理をしたことがない者が料理をして、それが美味しかったという。一体どのような料理だったのかと林花は思考を巡らせた。

頭にとある料理がひらめく。

「麺を嫌っている――そういうことですか！」

林花は手を叩いた。料理の出来ない皇族でも、子供でも作れる料理。猫の耳。子供の頃、近所のおばあさんに教わって作った思い出がかすかに蘇った。

「助かりました。ありがとうございます」

林花は頭を下げ、急いで初霜宮を後にした。

◆◆◆

臘月宮に戻った林花は、陽子のもとに向かった。

皇女は考え込むような顔で卓を見つめている。毒殺されるまでの人生を振り返り、間違えた選択を一つ一つ数えて、後悔を重ねていた。

後悔の念の狭間《はざま》に、幼い黄辛との思い出が蘇る。

広い城を自分の遊び場のように駆け回る弟を追いかけて、兵舎や武器庫を回った。

──あの頃が一番幸せだった。

彼女は鬱々と記憶の泡を見つめていた。

「最後の晩餐の用意が出来ましたので、少々ご協力願えますでしょうか」

林花に促されて、陽子は厨房に向かった。厨房に入る前に手を洗うように言われ、皇女はまな板の前に立たされた。一度裏の倉庫に入った林花は、小麦の粉を持って帰ってくる。彼女は小麦粉に水と塩を加えてこね、丸くまとめた。林花はそれを棒状に長く延ばして指の先ほどの大きさに切り分ける。

「料理するところを見せたいの？」

「いいえ、陽子様に料理をしてもらいたいのです」

陽子は小麦の麺を渡されて困惑する。

「私が？　無理よ。やったことがないもの。それに、私、麺料理は好きではないの」

「ええ、乳母様から聞きました。陽子様は麺料理を嫌っておられると」

「知っていて嫌いなものを出すのですか？」

意図を量りかねて、陽子は目の前の女官を見つめる。

「はい、違和感を覚えましたので」

「私に嫌いなものがあっては変でしょうか？」

「ええ、なぜならあなた様にとって食事は平等に興味のないもののはずです。なぜ麺だけを特別に嫌われるのでしょう」

「なぜって……毎回美味しくないと思うからよ。油は固まっているし、匂いが悪いもの」

「私はこう考えました。陽子様は特別まずい麺を召し上がった経験がおありなのか――あるいは美味しい麺を召し上がったことがあるから、冷えて油の固まった麺を特別まずいとお感じになるのではないかと」

林花の言葉が記憶の琴線に触れたのか、陽子は不思議そうに瞬きした。

「試してみてください。この麺を作るのに技術は必要ありません」

林花は、掌《てのひら》に麺を載せて親指で押さえつけると、延ばすように指を動かした。手の中に耳のようにくるりと曲がった平たい麺が出来る。

「どうぞ、なさってみてください」

手に粉を打って、陽子は同じようにやってみた。簡単に同じような麺が出来上がる。

普通、麺にするにはそれなりの技術がいる。生地を延ばして作る細長い拉麺《ラーメン》や塊のまま刀で削る刀削麺《ダオシャオメン》などは、熟練の調理人でなければ作れない。しかしこの麺は道具もいらない。誰でも作れる家庭料理で、皇族の食卓に出せるようなものではない。

記憶が呼び起こされたのか、皇女は目を見開いた。

「これ、どこかで――」

陽子は瞬きする。何か懐かしい気持ちを覚えて、出来上がった麺を見つめた。

「申し訳ありません。陽子様を朧月宮にお送りした後、初霜宮で陽子様と皇帝陛下が食されたという料理の話を乳母様に聞いたのです」

林花は詮索をしたことを申し訳なさそうに謝った。

「ええ、以前に話したわね。猫の耳が入った料理ね」

不思議そうな顔をして陽子は麺作りを続けた。

「名前のせいですね。麺の形が猫の耳のようなので、〈猫耳朶《マオアルドウ》〉と呼ばれています」

「思い出したわ。猫の耳を食べたって、弟が何度も言っていたものだから、その言葉で記憶が上書きされていたのね。だからこれを？」

納得したように陽子は頷く。

話しながら、陽子は猫耳朶を作っていく。

体が覚えていたのか、麺を作る作業をしていると昔の記憶が蘇ってくる。

城の奥の厨房の石造りの床、湯《タン》と油の匂い、大きなまな板に、隣に座って笑う小さな弟——

少しずつ思い出しながら、皇女は手を動かす。

——楽しい。

皇女は自分が微笑んでいるのが分かった。

椅子に座ったまま命令するだけの政治の世界とは違う、自分が動いて物を作る喜びを感じた。

麦を育て、収穫する喜び。素材を削り、道具を完成させる喜び。料理を作り、誰かに振舞う喜び。家族や友人と分かち合うだけの、あたたかく小さな喜び。陽子がずっと求めていたものだ。

作り始めた時よりうまく作れるようになった麺を見つめて、陽子は少し誇らしい気分になった。

——誰かに食べてもらえたらいいのに。

陽子は手料理を誰かに差し出す自分の姿を想像した。恥ずかしさと喜びが混ざったような気持ちが胸に灯る。

半刻後、小麦粉の生地は、全て猫耳朶に変わっていた。

「では、調理します。お席で出来上がるのをお待ちください」

皇女が厨房から出ると、林花は猫耳朶を半分取って熱湯に通し、火力を上げた竈で肉やもやし、きくらげ、韮《にら》や白菜などの野菜と一緒に炒めた。

強火で顔を炙《あぶ》られながら火が通ったのを確認して、鶏で出汁《だし》を取った蕃湯《フンタン》を加えて少し煮込む。水に溶いた葛粉を加えて手早く混ぜると、熱い油と出汁が香る。

出来上がった料理を蓋つきの器に盛り、皇女の席に戻った。

「どうぞ、お召し上がりください」

林花は朱塗りの卓に器を置いて蓋を開けた。湯気が上がり、周囲にやわらかな香りが広がった。

陽子は少し躊躇《ちゅうちょ》してから猫耳朶の入った湯を蓮華《れんげ》ですくった。確かめるように口に含んでから、熱さに耐えるように息を吐く。熱さの後に味がきて、うまみを吸った猫耳朶が舌の上で躍った。それからゆっくりと咀嚼《そしゃく》して呑み込む。

「……………」

驚いた顔で、彼女は目を見開いた。もう一口、口に運ぶ。今度はのど越しを味わうようにしてごくりと飲み込んだ。鼻で息を吸って、料理の香りを確かめる。確かに、弟と一緒に食べた料理だ。

野菜を口に運ぶ。熱い油が何とも香ばしく、しゃっきりとした白菜の食感が心地いい。手早く高温で調理した料理人の技量の高さがかいま見えた。毒見役を通した食事は野菜がしんなりとしてしまい、油は固まって美味しくなくなる。普通の家庭の食卓に当然のように出される湯気の上がる料理が、皇女にはとても贅沢に感じられた。

料理を口にするうちに、また昔の記憶が蘇ってくる。

箸を止めて、記憶の中の弟を見つめる。

迷路のような皇城の廊下。陽子の袖を引っ張る小さな手。周りの顔色をうかがいながらも抑えきれない好奇心でせわしなく動く瞳。黄辛は陽子と一緒でないと城の中も歩けない臆病な子供だった。

陽子は農業や治水に尽くしたと言われているが、それらに先に興味を示したのは辛だ。向学心が強い弟に連れられて書房に入り、教えるために日が暮れるまで陽子も勉強をした。国政に関わるようになったのも、弟を支えるためだった。

時がたち、皇位をつぐはずだった二人の兄が戦死し、辛が皇太子になる。弟は多忙になり、顔を合わせる機会は減った。

辛には許嫁《いいなずけ》がいた。辺境の王族の娘で、何度か顔を合わせるうちに辛も姫に恋心を抱くようになった。いずれその姫を娶ってその国の王位に就くはずが、皇太子になったことでそれもたち消えた。辛はふさぎ込み、陽子は辛を慰めた。

湯《タン》の香りに包まれながら、懐かしさに陽子は目を細めた。

陽子は手を伸ばし、記憶の中の幼い辛を捕まえた。

だが、その手は骨ばった大きな手だった。

顔を上げると、寝台に寝かされているやつれた辛の姿があった。

一月前、刺客の矢に倒れた時の記憶だ。何日も生死をさまよい、やっと目覚めた。

辛は泣き腫らした姉の顔を見て、弱った声で「大丈夫だ」と言った。

「大丈夫なわけないでしょう、死にかけたのよ！」

やせ衰えた顔で気丈に笑いかける弟を見て、感情が爆発した。

「みんな勝手よ、国とか、民とか、勝手に背負って、厄介ごとを引き寄せて、父も兄たちも、国のために、民のためにと言って先に逝ってしまう。置いて行かれる私の気持ちなんか、何一つ考えないで。あなたにまで先立たれたら、私はどうしたらいいの？　私は、父や兄たちを奪ったこの国なんて、大嫌いなのに！」

叫ぶうちに、感情が高ぶって涙が零れた。怪我をしている弟を殴ることは出来ず、陽子は何度も寝台を叩いた。

「私はただ、家族と一緒にいたいだけなのに、皇帝のくせに、なぜそんなささやかな願いが叶えられないの？」

それから先は言葉が続かなかった。喉の奥から嗚咽が溢れた。

「――すまない」

辛は手を伸ばし、陽子の涙を拭った。

黙って姉が落ち着くのを待つ辛は、陽子よりも大人だった。

小さかった辛の手は、陽子の頬をすっかり包《くる》めるくらい大きくなっていた。

卓に目を落とすと、皿はほとんど空になっていた。

底に残った湯《タン》だけが白い湯気をあげている。

「独り立ちが出来ていなかったのは、私の方ですね」

陽子は寂しそうに笑った。置いて行く側になり、あんなこと言わなければよかったと心が痛んだ。

「弟は、一人でやって行けるでしょうか」

陽子は呟くように言った。

林花は答えることが出来ずに床に視線を落とす。

「信用しな。お前が育てた弟じゃないか」

答えたのは距離を置いて見守っていた墨蘭だった。

小さな子供はもういない。成人して立派な皇帝になった。そうなるまで守ってやれた。

後は、弟の時代だ。

陽子は老酒《ラオチユウ》を手に取り、覚悟を決めたようにそれをあおった。酒精《しゅせい》が喉を抜けて油を洗い流してゆく。


「ふむ、満足いただけたようだね」

墨蘭が歩み寄って声をかけた。

「いいえ――これからです」

林花は聞こえないように呟く。皇帝と会わせることは出来ないが、出来る限り陽子の望みを叶えるつもりだった。

「いけません！　とんでもない間違いをしてしまいました」

「どうしたの？」

棒読みのような台詞《せりふ》が気になったが、陽子は訊いた。

「材料を間違えてしまいました。これは、明日の晩餐で帝にお出しする食材なのでした。どういたしましょう墨蘭様。小麦の粉はもうありません」

「林花――わざとじゃないのか」

墨蘭が渋い顔で言った。棒読みの演技に騙《だま》される彼女ではない。

「まさか、誤解です……皇女様がお作りになった麺ならば残っているのですけれど」

「……」

〈話してはいけない〉〈持ち込んではいけない〉はものや情報のやり取りを禁止する決まりであり、皇女が調理した小麦は現世のものなので、厳密には〈持ち出してはいけない〉に抵触することはない。違反と紙一重の行いだ。

墨蘭は冷たい目で林花を睨んだ。

林花の思惑など分かっているが、今は罰するべきではなかった。

「仕方ない。その猫耳朶を帝に出せばいいだろう」

客を満足させるのが臘月宮の女官の役割だ。どんな手を使っても職務を果たそうとする気構えを墨蘭は認めた。

「——私が作った麵を弟が食べてくれるというのですか？」

目を見開いて陽子は林花を見る。彼女の瞳の中で驚きと小さな希望が瞬いた。

「ええ、陽子様がお作りになった麵を使わせていただきます。よろしいでしょうか」

絶対手に入らないと思っていたものが、ぽつんと目の前にあった。家族に料理を振舞う小さな幸せに、皇女は胸が熱くなるのを感じた。

「ええ……素晴らしい料理でした。人生の最後に、こんな喜びが待っているなんて、思ってもいませんでした」

黄陽子は童女のような笑みを見せた。昔、弟に袖を引かれて城の探検に出た時のように、気恥ずかしく、うれしそうな笑顔だった。

「では、行きます」

旅立ちの時だ。陽子は席を立って朧月宮の奥に足を向けた。自分の死を受け入れた皇女は凛《りん》として、冥府の扉を恐れる様子もない。

「ねえ、あなた」

少し振り返って陽子は林花に声をかけた。

「もし、出来たらでいいのですが、弟が困っていたら力を貸してあげてくれませんか？」

「私が帝をお助けするなど、滅相もございません」

林花は慌ててかしこまった。

「いいえ、ただの姉としてのお願いです。弟が困っていたら声をかけてあげてください」

「……朧月宮の女官としては承諾しかねます。ですが、後宮の女官が陛下をお助けするのは当然のこと、誓約するまでもございません」

躊躇しながらも林花は答える。

「ええ、弟を、お願いします」

陽子は満足そうに笑う。薄く白い歯を見せた彼女の美しさに、林花は一瞬見惚《みと》れる。

扉の前に立ち、陽子は墨蘭に振り向いた。

「ではお願いします」

せわしなく動き回っていた臘月宮の給仕たちも、食事をしていた霊たちも、姿勢を正して皇女に首を垂れる。見守っていた墨蘭に陽子は一礼した。

墨蘭が柏手を打つや、重い軋《きし》みを上げて本殿の奥の扉が開いた。その奥には、真っ暗な闇が広がっていた。

闇の中に、二、三歩歩み入ってから、皇女は振り向いて林花に頭を下げた。

小さく「ごちそうさま」と呟いて。

墨蘭がもう一度柏手を打つと、皇女を吞み込むように、扉が閉まった。

皇女が焚き染めていた芍薬の香が、かすかに香りを残した。

◆◆◆

翌日、帝が臘月宮にやって来た。

若いと聞いていたが、その通りで、年齢も林花とあまり変わらない。鼻梁《びりょう》の高い皇族らしい整った顔立ちをしていて、瞳は瑪瑙のように黒い。きらびやかな刺繡が施された上着に、皇帝にだけ着用を許された青い袍《ほう》に身を包んでいる。

　個室に案内され、帝は墨蘭と卓を囲む。

「陽子のことは残念だったな」

　墨蘭が言うと、帝は首を振った。

「報《しら》せを聞いても、私は涙を流さなかった。国の仕事に心をとらわれ、たった一人の家族の死に心を割くことも出来なかったのだ。姉はきっと失望していることだろう」

　自己嫌悪をにじませて、帝は苦い顔をした。

「失礼いたします」

　二人の話を聞くともなしに、若い女官が膳を持ってきて給仕した。

　女官は皿に盛った料理を一口ずつ口に運んで毒見をする。最後に、石の器に入れた油を皿に注いで飲んだ。それから毒が回るまでの時間をはかる短い縄に火を付ける。

「問題ありません」

　縄が燃え尽きると、女官は石の器に入った油を麺の皿にかけ回した。石の器で温められた油が麺の上でバチバチと弾《はじ》け、湯気が上がる。

「珍しい料理だな」

「温かいうちにお召し上がりください」

　帝は平たい麺に箸を伸ばした。小麦麺を海鮮や野菜と一緒に炒めたものだ。

一口口に含むと、温かい香気が鼻に抜けた。

——この料理は以前に食べたことがある。

懐かしい気持ちに包まれた瞬間に、食卓にぽたりと何かが落ちた。

「……涙？」

姉の袖を引いて走る自分の姿が心に浮かんだ。困った姉の顔がなぜか思い出された。子供の黄辛にとって、姉はとても強い人間に見えた。広い皇城の探検も、厳《いか》めしい兵士に声をかけるのも、姉と一緒ならば怖くはなかった。歴戦の将軍たちにもひるまず、凛として立つ姉の背中は、黄辛にとって大きく広く見えた。

しかし大人になってみれば、陽子の背中は華奢《きやしや》でか弱いものだった。

陽子は小さくか弱い身で、いつも辛を守ってくれた。

「少し外してもらってもいいか？」

涙は止まらない。

泣いている姿を見せてはいけない。そう気がつき皇帝は人払いを頼んだ。

「いいだろう」

墨蘭は素直に席を立った。女官は帝の食卓に自分の手巾をそっと置くと、部屋を出て行った。

まだ若い帝は、声もなく静かに泣き続けた。

参　料理長の佛跳牆

朧月宮の門前で、墨蘭と郭才人《かくさいじん》が睨み合っている。

才人とは正三品から正五品の地位にいる高位の妃嬪《ひひん》の名称だ。

郭才人は先代の皇帝の時代から後宮にいる古株の妃だった。帝都睡雀一の豪商の娘で、弟は大臣の職に就いている。皺ひとつない金糸の上着に宝玉をちりばめた簪や櫛で髪を飾り、化粧した肌にも宝石を張り付けている。年齢は四十を越えているはずなのだが、その美貌は衰えず肌には皺ひとつ見当たらない。

女官の最高位の長官でも正五品で、妃の地位にある才人はそれと同格か位が高い。加えて郭家には後ろ暗い組織との関係が噂されていて、彼女に逆らった女官が行方不明になり、死体になって水路に浮く事件が相次いでいる。女官が決して逆らってはいけない相手だった。

「――才人風情には分からないだろうがね」

正五品を相手に、墨蘭は薄笑いで挑発した。

郭才人の顔が怒りに染まる。

「どうしてこんなことに……」

林花は顔を青くして頭を抱えた。

◆◆◆

数刻前、林花は厨房の片隅で小さな麺棒を持ち、餅を薄く延ばして器用に黒胡麻の餡《あん》を包んでいた。一呼吸するうちに一個の団子が出来上がる。

隣で作業する白麗は感心した顔で出来上がって行く団子を見つめた。

白麗は団子を笹《ささ》で一つずつ包み、箱に収めた。このまま一日置くと笹と黒胡麻の風味がこなれて良い香りの青団が出来上がる。

「珍しい注文だね」

大鍋を抱えた料理長の陳思が顔を出した。

「注文ではありません。周囲の宮殿に春節のご挨拶として配ろうと思いまして」

春節は新年の祝いと春の芽吹きを祝う重要な祭日だ。

都では赤の灯籠を吊るし、芸人や屋台が出て新年を祝う。

春の芽吹きを祝って、円満を意味する丸い蓬《よもぎ》の団子をたくさん作って近所に配る。これも春の風物詩だ。

「そんなこと今までやってなかっただろう？」

「ええ、墨蘭様はあまり宮殿の外に興味を持っておられないので、外部とのおつきあいはありませんでした。しかし、それではだめなのです」

林花はため息をついた。臘月宮は周囲の宮殿とはほとんど交流がない。死者の宮殿としては外と隔絶していても十分に機能はするのだが、宮廷には政治がつきものだ。それでは中で働く宮女や女官が困る。

そもそも臘月宮の宮女は宮殿の中の出来事を外部に漏らすことが許されない。怪しげな宮殿で、どんな務めをしているのかも言えないのでは、宮女が他の宮殿に転属した時に実績を評価してもらえない。それでは女官や宮女たちの出世の道が閉ざされてしまう。

特に白麗などはゆくゆくは試験を受けて母のような女官を目指している。とすれば何か手を打たなければならない。

季節の料理を振舞い、春の挨拶くらい出来る宮殿だと思ってもらえるように、人並みの交流をしなければ。林花は義務感から青団作りを始めた。

「どれ、一つ」

陳思は出来上がった団子を一つ口に放り込んだ。

春先の蓬の強い香りがして、すぐに胡麻と黒糖が追いかけてくる。蓬の爽やかな苦みが黒糖の強い甘みを程よく打ち消して心地よい味を作り出す。餅も程よく柔らかい。

「うん、合格だ」

「これは現世の食べ物です。味見は私がいたします」

林花が言うと、陳思は不満そうに口を尖《とが》らせた。

「陳思様はそんなことをして、大丈夫なのですか。死者に黄泉《よみ》の食べ物を食べさせることであの世に送りやすくなるのならば、その逆もあるのではないですか？」

白麗が不安そうな顔をする。

「冥界に行けなくなるんじゃないかって言うのかい？」

白麗は頷いた。朧月宮で見た限りでは、魂とは変質しやすいものだ。恨みや穢《けが》れに染まればすぐに変化が起き、幽鬼に変わる。おかしな変化を見せれば墨蘭が放ってはおかない。下手をすれば強制的に処分されてしまうだろう。

「そうだね。食べるってことは、その素材の気を体の内に取り込むってことだ。ないことではないね。ここでの食事はけっこう重要なのさ。たとえば、飯を食い損ねれば冥界に魂がうまくなじめずにおかしなことになる」

「なじめないと、どうなるのですか？」

こわごわと白麗が尋ねる。

「朧月宮では前世を忘れるために食事をする。それをしないと、前世と来世の記憶が混じったりするんだ。世界に新鮮さはなく、調べれば自分の子や孫は戦や疫病で死んでる。

悪い夢みたいなもんだ。年を取った魂に辛いことの多い人生をもう一度過ごす力はないのさ」

「大変なことではないですか、すぐに出してください！」

白麗は狼狽《ろうばい》して陳思に訴えた。

「でも、あたしは大丈夫。朧月宮で働く霊たちの魂は墨蘭様が所有しておられるのさ。ちっとやそっとじゃ変化したりしないよ」

「魂⁉　そんなものを取られて大丈夫なのですか？」

白麗は心配そうに手を止めた。

魂を取られるとはずいぶん恐ろしい表現だ。林花は底知れない主の顔を思い浮かべた。

「そうしないと鬼にならずに現世に長くいられないからね」

墨蘭は怪しい術を使う怖い女だが、決まりや約束は守る人だ。霊たちが決まりを守っているうちは決して魂をおろそかに扱うようなことはしない。

陳思は笑った。

「あの、陳思様が魂を預けてまでして、この宮殿で働いているのはなぜなのですか？」

林花は訊いた。魂を取られてまで朧月宮で働く理由が陳思にはあるのだろうか。

「それは林花と同じだよ。ここで働く霊たちは自分の願いを叶えてもらうために墨蘭様と取引をしているんだ」

「願いを叶えてもらえるのですか？」

興味深そうに白麗が身を乗り出す。

その契約は林花も交わしているし、多分他の宮女もしている。知らないのは母親に会いに来て決まりを破った罰で働かされている白麗だけだろう。

「そうさ、臘月宮の決まりに反しないことに限るがね」

「陳思様は何を願ったのですか？」

「ああ、あたしの旦那は地獄に落ちたんだ。だから刑期が短くなるよう減刑を願ったのさ」

「何をしたのですか？　私地獄に行く人ってほとんど見たことがありません」

「こら、白麗」

白麗の興味本位な発言を、林花はたしなめた。

「軍の指揮官だよ。家も燃やしたし人もね、たくさん殺した。戦の多い時代だったから、どうしようもなかったんだけどね」

陳思は困った顔で目をそらした。

「失礼なことを言ってすみません」

林花が白麗に頭を下げさせると、陳思はいいんだよと言って手を振った。

どこか寂しそうな陳思の背中を見て、林花は白麗の鼻をつまんで引っ張り上げた。

悲鳴が上がる。

先輩として面倒を見るならば、礼儀も教えねばならない。

◆◆◆

「では、近くの宮殿に配ってください」

夜が明けた早朝、林花は出来上がった青団を箱に詰めて白麗に持たせた。

近くにある宮殿――神楽宮、紅葉宮、桂月宮に挨拶回りに行ってもらう。特に年中行事の舞踏、演奏を取り仕切る神楽宮は大きな宮殿なので、きちんとした挨拶をしておきたい。

日課のように朧月宮にやって来た猛虎は、興味津々に青団の詰まった箱に鼻を寄せた。

白麗は猛虎から青団を守りながら宮殿の脇門に走って行く。

「気を付けるんですよ」

はあいと返事して振り向いた白麗を見て、林花は嫌な予感がした。

「前を見なさい」

林花は声をかけたが、すぐに門の外でガチャンとぶつかる音が響く。

「無礼者！」

鋭い声で怒鳴られて、白麗は尻餅をつく。

「どうしました⁉」

林花は急いで脇門を出た。門の外では盛大に青団がばらまかれていた。

「郭才人にお怪我があったらどうするつもりだ！」

位の高さを示す紺の襦裙を着た女官が数人立ち、恫喝するように白麗を睨んでいる。

その背後には宮女に日傘を差しかけられた高貴な妃が立っている。

目が大きく、艶っぽい体格の女性だ。銀で装飾された絹の扇子を持ち、高く結った髷《まげ》には金木犀《きんもくせい》を模した玉の簪が揺れている。桜色の襦裙の上に金糸を織り込んだ鮮やかな緋《ひ》の上着が日の光を反射していた。

「非礼をお詫《わ》びいたします。どうぞご容赦を」

林花は緊張して跪いた。後宮の中で階級は絶対だ。妃の機嫌を損ねれば白麗は罰を食らう。きっと拳骨《げんこつ》のような生易しいものではなく、棒打ちなどの命を奪われかねない刑罰が科せられるだろう。

「詫びですむものか、主を出せ！」

背の高い女官が大声で脅した。

「すぐに呼んでまいります」

「いらないよ」急いで宮殿に戻ろうとする林花を墨蘭の声が止めた。

先ほどまでは誰もいなかった大門の前に主は立っていた。

怒鳴っていた女官たちもぎょっとしたように墨蘭を見つめている。

背の高い墨蘭は片手に煙管を持って、女官たちを見下ろした。

「郭才人とは珍しいね。こんな後宮の奥になんの用だい？」

「部下の女官がここで亡くなった〈徳妃《とくひ》〉の幽霊を見たというので、確認しに来たのよ。めでたい皇帝陛下の城で、そんな不吉なことがあってはならないわ」

才人は眉を寄せる。話すうちに、不機嫌そうな顔に一瞬恐れが混じった。

〈徳妃〉とは、最も位の高い正一品《しょういっぽん》の妃嬪〈四夫人〉の一人だ。先代から後宮にいる郭才人とどのような関係にあるのだろう。

「帝に進言して、潰してしまうべきだと私は思うのよね。あなたもそう思わない？」

「それは無理だね。朧月宮は帝の管轄じゃないよ」

墨蘭が薄笑いを浮かべたのを見た林花は、嫌な予感に背中が怖気だった。

墨蘭という御仁は、朧月宮に手を出す輩《やから》には容赦をしない――。

「白麗、猛虎を呼んで」

周囲に聞こえないように林花が耳打ちすると、白麗は目立たないように脇門に戻った。

「馬鹿を言うな、後宮は全て帝の持ち物のはずだ！」

否定されたことが気に入らないのか、才人は不機嫌そうに声を荒らげる。

「違うのさ、才人風情には分からないだろうがね」

郭才人の顔がさっと赤くなった。

「侮辱するのか、たかが一宮殿の管理人の分際で！」

眉間に深い皺が刻まれる。

「こんな宮殿、すぐにでも潰してくれる！」

「ほう、やってみるかね？」

墨蘭は獲物を見定めるように目を細めた。

周囲の影が一層濃くなったように林花は感じた。

位の高い女官と妃の仲裁など林花には不可能だ。こうなっては、誰か他の高官に出てきてもらうしか方法がない。

(行って！)

白麗が小さくそう言うと、猛虎は勢いよく道に走り出た。

その姿を見て、取り巻きの女官たちは驚愕に目を見張った。

猛虎中将には特殊な趣味があった。一つは人の靴を右側だけ集めること。もう一つは女官の顔を舐めること。彼に舐められると、化粧も顔に張り付けた宝玉も失われる。眉のない誰だか分からぬような素顔を見られるのは、美を競う後宮においては致命的だ。あれだけ怒っていた女官たちは恐慌を来し、我先にと逃げ出した。猛虎は本能に従って逃げる女官たちを追いかける。

「待ちなさい、お前たち！」

郭才人も慌てて後を追った。

「もういいですよ」

白麗は声をかけたが一足遅かった。角を曲がった先で郭才人の悲鳴が聞こえた。熊にでも襲われたような金切り声を聞いて、林花はしまったと頭を抱える。

「これは、余計に怒らせてしまったでしょうか」

「だろうね。ああいう女は執念深いからね」

墨蘭は煙管をふかし、ぷかりと煙を吐いた。

上機嫌で鼻の周りに眉墨を付けて戻ってくる猛虎を見つめて、林花は大きなため息をついた。

◆◆◆

数日後、夜中になって朧月宮の門が叩かれた。

白麗が出ると、伝令の宦官が手紙を携えていた。

「元宵節《げんしょうせつ》の宴《うたげ》を執り行え――か」

広間で尚儀局《しょうぎきょく》——宮中の行事を執り行う部署から送られた手紙を読み、墨蘭は眉をひそめる。

元宵節は新年最初の満月の日に行われる行事だ。都では邪気を祓《はら》うためにたくさんの提灯《ちょうちん》を軒につるし、一晩中灯して街を明るくする。民衆には酒がふるまわれ、皇城では月見の会が開かれる。

「郭才人、やってくれるな」

臘月宮は十二ある後宮の宮殿の中で最も小さな宮殿だ。使用人の数は少なく、大きな宴が開けるはずもない。そのために持ち回りで開かれる行事の幹事などからは外されていた。今回急にその役が回ってきたのは、何者かの圧力が働いているからに他ならなかった。

「先日の意趣返しでしょうか？」

林花は責任を感じて訊いた。

「だろうね。出来もしない幹事を押し付けてこちらが頭を下げるのを待っているのさ」

「いかがいたしましょう」

「いかがも何もないさ、下げろって言うなら頭くらいいくらでも下げてやるさ。下らん意地の張り合いに付き合うほど暇じゃない」

吐き捨てるように墨蘭は言った。

林花は不安に顔を曇らせる。頭を下げるだけですむとは思えない。

「そいつは困りますよ」

口をはさんだのは料理長の陳思だった。彼女だけは物おじせずに主に意見をする。

「後宮ってのは面子《メンツ》の張り合いですよ。主が頭を下げたら、下の宮女たちは周りから低く見られる。この宮殿の中にいるうちはいいが、外に使いにでも出たら途端にいじめを受けますよ。後宮のいじめが度を越していることは貴方《あなた》もご存じでしょう」

「面子の張り合いか。まるでごろつきだね」

「ごろつきですよ。貴族も兵隊も似たような面子の張り合いをしているんです。それを馬鹿らしいと思う賢人はとっくに深山に隠居しています」

「隠居できない私はどうすればいい。意見するからには何か考えがあるんだろうね」

墨蘭は鋭く陳思を睨んだ。

「死霊たちに手を貸してもらうのはどうです？」

陳思は提案した。

「駄目だ。お前らが作って良いのは死人に出す料理だけだ」

「ならば、あたしが方法を教えるのはどうです」

「先帝の〈徳妃〉だったお前なら知っているのだろうね」

「「徳妃!?」」

話を聞いていた白麗も林花も変な声を上げたが、論争中の二人に睨まれて口をつぐんだ。

「だが、死者が生者に情報を与えるのは禁止されている」

その行いは〈話してはならない〉に違反する。

「なら、二日待ってやってください。林花なら何か見つけてくるはずです」

「ふむ……」

墨蘭は顎を引いて考え込んだ。二人に見つめられて、林花は目をそらす。また難しい仕事が回ってきそうだった。

「いいだろう。ただし一日だ」

頷いて、墨蘭は尚儀局からの手紙を林花に投げた。

林花は困った顔で手紙を見つめる。降って湧いた面倒事を厭《いと》わしくは思うものの、朧月宮全体の問題となると、無関係だと断ってしまうことも出来なかった。

閉鎖的な社会で起こるいじめが過激になるのは林花も分かっている。親が失脚した貴族や、家族が罪人となった女官が周囲からひどい扱いをされるのを何度も見ている。犯人も分からぬ死体が水路に浮かぶことさえ珍しくない。人は抵抗できない弱者にはいくらでも残酷になれる生き物だと知った。

自分ならば意地の悪い女官の一人や二人追い返すことなど造作もないが、後輩の宮女たちはそうはいかないだろう。

「たった一日で、後宮の妃嬪たちを少人数でもてなす方法を調べてこいと言うのですね」

あきらめて、林花は承諾した。

「そういうことだ。やってみれば何とかなるもんさ」

陳思は笑って林花の背中を叩く。

林花は大きなため息をついた。

「ただ、調べろとだけ言われても困りましたね」

陽春宮に向かう道すがら、白麗は呟いた。

翌日、林花は朝早くに臘月宮を出た。臘月宮の仕事は夕方から翌朝までの夜の仕事なので、朝はつらい。白麗などは舟をこぎそうになりながらついてくる。

「無理をしなくても良いのですよ」

林花がそう言うと、白麗は首を振った。

「私がいなければ、誰が猛虎を止めるのです。陽春宮は最も大きな宮殿です。その主、師華様に猛虎が飛びついたらどうするのです。叱責ではすみませんよ」

白麗は鼻息を荒くした。

嫌な予感がして振り返れば、猛虎が尻尾を振りながら後ろから付いてきていた。

「それは助かりますけれど」

重たそうな白麗の瞼《まぶた》を見ると、林花は不安になる。

「それはそうと、調べる場所の目星はついておられるのですか？」

「ええ、料理ではなく、陳思様ご自身を調べようと思います。陳思様の口ぶりでは一人でも大人数の宴会を切り回せるような料理をご存じのようでした。教えることが出来ないなら調べさせればいいともおっしゃっていたので、何らかの資料が残っているのでしょう。なにせ先帝黄淵様の〈徳妃〉なのですから」

白麗は目をしばたたかせた。

「徳妃とは……やはり正一品の？」

徳妃――正一品を戴《いただ》く最高位の女官。数千人の女性がいる後宮でも正一品は貴妃《きひ》、淑妃、徳妃、賢妃《けんぴ》の四人のみだ。

「そうです。先ほども墨蘭様がおっしゃっておられたでしょう」

白麗は苦いものを飲んだように眉を寄せる。恰幅が良く、眉が太く化粧の影もない陳思が着飾って妃をやっている姿を思い浮かべたのだろう。

「失礼ですよ」

自分も同じような顔をしたものの、教育をする立場として林花は彼女の鼻をつまんで引っ張り上げた。ごめんなさいと言って白麗は悲鳴を上げる。

確かに顔立ちだけをとれば、陳思が正一品の女官だとは信じがたい。だが、朧月宮の仕事に関わる件で陳思が冗談を言うとは林花には思えなかった。それに、墨蘭に意見できる豪胆さは、徳妃という重要な地位にいた経験があってこそだと納得した。

「そういえば、郭才人は先代の徳妃様の幽霊の噂を聞いて朧月宮にやって来たのでしたよね」

「白麗は記憶力がいいのですね」

林花は見直したように白麗を見た。

「わざわざ見に来るなんて、お二人の間には何かあったのでしょうか」

「面識はあるでしょう。ですが、お二人の仲が良かったとは思えません」

神経質で執念深い郭才人とおおらかだが大雑把な陳思は水と油のように思えた。

話しながら二人は石造りの殿舎が広がる地区に入った。

瑠璃瓦の小さな殿舎がつながって一つの街のような宮殿を成している。後宮で最も大きな宮殿、陽春宮だった。後宮の玄関口であるこの宮殿には、その日も多くの人が行き交っている。

雑踏をかき分けて林花たちは宮殿内にある倉庫街を抜け、人気の少ない東の端にある殿舎に足を踏み入れた。

「第一書房」と書かれた三階建ての建物に、林花は訪《おとな》いを入れた。

「何でしょうか？」

薄水色の襦裙を着た中年の女官が入り口から顔を出す。

長く書房の中で働いているせいか女官の肌は白く、少し不健康そうだ。

「先代の徳妃、陳思様が残された料理の書を探しているのですが、ありますでしょうか？」

「少しお待ちください」

女官は奥に行き、すぐに戻ってきた。

「料理の手順書は十巻ありますが、今は貸し出されております」

それを聞いた林花は慌てた。期日は一日しかないのだ。

「どなたが借りておられるのですか⁉」

「陽春宮の師伯様です」

師伯とは面識があった。皇女陽子と共に初霜宮に墨蘭を招き、皇帝暗殺未遂事件の犯人の情報を得ようとした宦官だ。後宮で最も大きな陽春宮を取り仕切り、皇城の宦官をまとめる地位にあった。今の後宮では最も権威を持っている人物だろう。そんな大物の名前が出てきたことに林花は驚いた。

「なぜ師伯様が？」

「それは私には分かりかねます」

動揺を隠せない林花の様子を気にかけながらも女官は答えた。

「では本は――師伯様はどちらにおられるのでしょうか」

「それも分かりかねますが、天気の良い日はよく淑妃の師華様と本殿の中庭で日光浴をしておられます」

女官は親切に教えてくれた。

「ありがとうございます！」

こうしてはいられない。林花は踵《きびす》を返し、急いで本殿に向かった。

陽春宮の本殿はいくつもの建物を回廊でつなげて出来た大きな宮殿になっている。湖《こ》西《さい》地方の建築様式で、それぞれの建物の間に趣向を施した中庭を持ち、室内にいながら季節の花が咲く庭園を楽しめる優雅な造りになっていた。

急いで本殿に駆け付けた林花は、門前で萩色《はぎいろ》の襦裙を着た妃と鉢合わせた。

「あら、臘月宮の女官じゃない」

女官たちを引き連れて門から出てきたのは、郭才人だった。

林花は内心で自分のめぐりあわせの悪さを恨んだ。

獲物を見つけた狐のような目をして郭才人は林花に笑いかける。金で装飾された大ぶりの扇子を揺らしながらこちらに歩み寄ってくる。

「覚えていただき光栄です」

林花は素早く感情を殺し、かしこまった。

「いいのよ。私、癇に障る相手のことは忘れないの」

美貌の才人は口角を大きく吊り上げて笑顔を作る。焚き染めた香が匂う距離まで顔を近づけて林花を観察する。

「あなたの主はいまどうしているのかしら。妃嬪の方々にどうやって謝りを入れるのか楽しみだわ。私には泥の上で跪いてもらおうかしら」

扇子で口を隠してこらえきれないというように郭才人は楽しげに笑い出した。調子を合わせるように取り巻きの女官たちも声を上げて笑う。

「は……」

林花は口を挟まずに頷く。相手が上機嫌ならおかしなことを言って波風を立てることもない。黙ってやり過ごそうと考えた。

「心配だわ、恥をかいて墨蘭が後宮にいられなくならなければいいのだけれど」

だが、我慢がきかず白麗が声を上げた。

「そうならないようにここに来たのです！」

しまった――林花は心の中で舌打ちする。

「どういうこと？」

笑いが消え、猜疑心《さいぎしん》を見せた郭才人は白麗を見下ろした。

臘月宮の女官が陽春宮の本殿にやって来たことに違和感が湧いたようだ。

「そう言えばあなたたち、なぜここにいるの？　師華様に何の用があるの？」

「どうかご容赦ください」

林花は素早く白麗を背中に隠した。

何も語ろうとしない林花を見て苛立ったのか、才人は一歩踏み出して扇子を振り上げた。

「言いなさい！」

林花は避《よ》けない。がつんと音がして扇子が曲がる。

鈍い痛みが頬に広がった。

「壊れたぞ、どうしてくれる！」

叩いたのは自分だというのに、そんなことはお構いなしに才人は怒鳴った。

「言え、言わないか！」

怒りに任せて才人はさらに扇子を叩きつけてくる。

割れた竹がかすり、瞼の薄い皮膚が破れた。

普通の女官ならとうに許しを乞うているはずだ。

後ろでかばわれている白麗は、自分の失言で林花がひどい目に遭っていることに耐え切れずにとうとう泣き出した。

「――どうか、ご容赦を」

いくら叩いても相手が全く表情を変えないことに気付き、郭才人は扇子を振るう手を止めた。

その時、

「ウウ……」

唸り声を聴いて郭才人は振り返る。猛虎が牙を剝いて才人を睨んでいた。

林花はともかく、白麗は猛虎にとって守るべき仲間だ。彼女を泣かせるようなことをする相手は敵とみなされる。

才人は顔を青くして後ずさった。

「猛虎、お止め」

林花は素早く猛虎に駆け寄る。首を摑んでなだめるが、猛虎は今にも飛び掛からんばかりに体を低くし、才人に狙いを定めている。

「郭才人、お早くこの場から離れてください」

「どこまでも無礼な犬め！」

扇子を投げ捨てて逃げ出す郭才人の後を女官たちも急いで追った。

彼女たちが見えなくなったのを確認して、林花は猛虎から手を離す。

「猛虎、助かりました」

首筋をさすって、林花は猛虎に礼を伝えた。

「どうしました！」

宮殿から身ぎれいな女官が出てきて、顔から血を流している林花に声をかけた。

「申し訳ありません。郭才人のお怒りを買ってしまいまして」

郭才人の気性を知っているのだろう。女官は事態を察して、林花に駆け寄った。

「血が出ているではありませんか」

「お気遣いなく」

林花は手巾を出し傷を拭った。触った限りでは傷は深くない。

ひどく叩かれても平然としている林花を異様に思ったのか、女官は怪訝な顔をする。

「臘月宮の左林花と申します。淑妃の師華様にお目通り願いたいのですが、いらっしゃいますでしょうか」

「え、ええ。お伝えするわね」

女官はまだ心配そうにしながら宮殿に戻って行った。

「林花様。申し訳ありません」

泣きじゃくっていた白麗が林花に謝った。余計なことを言ったことを後悔しているようだ。

「大丈夫ですよ。私はこういうことには慣れていますから」

不安にさせたことを詫びて林花が手巾で顔を拭いてやると、気が緩んだのか白麗はまた涙をこぼす。林花はそっと抱き寄せて頭を撫でてやった。猛虎も心配そうに二人の周囲を回っている。

「どうぞこちらへ」

しばらくして戻ってきた女官が、林花たちを宮殿に迎え入れた。


蓮の葉が揺れる広い池には大きな鯉《こい》が寒そうに身を寄せ合い、日当たりの良い土地に植わっている紅梅がちらほらと咲いて淡い香りを放っている。

「ようこそ、朧月宮のお方。怪我をしているのですってね。こちらにどうぞ」

中庭の東屋《あずまや》に十三歳くらいの少女の姿があった。形の良い目鼻立ちをしているが、表情はまだ幼い。白い襦裙の上に淡い草色の上着をまとっている。師華淑妃。古くから皇帝に仕えている師家の出身の貴族だ。

そのすぐ後ろには背の高い男性が控えている。師伯、この宮殿の管理者だ。中性的で、女官よりもなお美しい宦官は、油断のない目で林花を見つめていた。

〈太冥令〉——朧月宮の本当の役割を知っている数少ない人間で、墨蘭が皇女陽子を救わなかったことで、彼女との仲はあまり良くないようだ。

林花は師華の横にある大きな壺に目を留めた。見事な白磁だが、まったく装飾がされていない。大人が一人入れるほど巨大で、この庭園には不釣り合いだった。食材の保存用なのか、癖のある朝鮮人参《ちようせんにんじん》の香りが匂っていた。

師華が促すと、女官の一人が冷水で冷やした手巾を差し出した。林花は礼を言ってそれを傷口に当てた。

林花は改めて師華に名乗り、陳思の手記を求めてやって来た旨を告げた。

師華淑妃は頷いて自分も名乗り、席を立って美しい所作で礼をする。

「陽子様を亡くして皇宮全体の風紀は荒れている。これ以上問題を起こして帝のお手を煩わせるわけにはいかない。先ほども郭美華《みか》を呼び出して日頃の行いについて注意をしたのだが、その様子では、聞いてくれなかったようだな。まったく、郭家も師家同様古くからの重鎮だ。本来であれば羽目を外す妃たちをいさめる立場だというのに」

厳めしい声で師伯が言った。

「後宮ではよくあることです」

林花は涼しい顔で言った。後宮では私刑は日常茶飯事だ。犬に嚙まれたようなものだと思っている。

「それだけではない。才人は銭で人を始末する輩と関係があると聞く。あの女の帳簿を調べさせたが、弟の大臣や実家の豪商を通して幾度も怪しげな組織に大金を支払った形跡がある。間違いならばよいのだが、後宮は表は華やかでも裏では女官どうしが足を引き合い、時には殺されることさえある物騒な場所だ。お前も気を付けるのだな」

師伯は不快そうにため息をついた。

「それに今回の差配。元宵節は後宮でも大事な行事だ。それを執り行えない宮殿に割り振って不祥事が起きたら、後宮全体の責任問題となるだろう」

「私もそう思います」

林花は頷く。帝を招いての行事だ。朧月宮だけの問題では収まらない。後宮全体の汚点として師伯や他の女官たちの責任問題にも発展する。

「お前はそのことで相談に来たのか？」

腕を組んで師伯は訊いた。

「いいえ、今日はこちらにある陳思様のご著書をお借りしてくるよう、主に言われました」

陳思の名を聞いた師伯は懐かしそうに目を細め、傍らに置かれた巻物にそっと手を添えた。いつも厳しい顔をしている師伯が予想外に穏やかな顔をしたので、林花は少し驚いた。

師華が指示をすると、女官たちは巻物を箱に収めて林花に差し出した。

「陳思様のことをどこで聞いた？」

「主に教えていただきました。東西のあらゆる料理に通じていらしたお方だと」

もちろん墨蘭はそんなことを教えていないが、林花は咄嗟《とっさ》に嘘《うそ》を吐いた。師伯が臘月宮に陳思の霊がいることを知らないなら、勝手にそれを伝えるわけにはいかない。

「妃嬪は料理をされないものだが、陳思様は特別だった。いつも見たこともない料理を出されて、女官たちを驚かせておられた。淑妃様に陳思様の料理をご賞味いただきたくて残された書物を使って作らせたのだが、陳思様のような味にはならなかった。墨蘭様も陳思様を懐かしんで料理書を探されているのだな」

「いいえ、墨蘭様は陳思様の料理で宴を開催しろとおっしゃっております」

林花の言葉を聞いた師華は驚いて目を見開く。

「本気で申し出を受けるつもりなのか!?　五十人以上の妃嬪や貴族の娘たちをどうやって迎えるのだ！」

「出来る出来ないは問題ではございません。今回の件で主が頭を下げれば、臘月宮の宮女は以後他の宮殿の者から蔑まれることとなるでしょう。後宮で蔑まれる者がどのような目に遭うかを師伯様は知っておられるはずです」

「陳思様の料理を再現できればあるいは――か。だが、あの方の料理へのこだわりは相当なものだ。宮殿付きの料理人でも再現は不可能だった」

師伯は首を振る。

「陳思様の技量は墨蘭様より聞いております。困難は承知の上です」

「しくじれば墨蘭とてただではすまぬぞ」

「覚悟しております」

「ならば、やってみるがいい」

師伯は林花を睨みつけた。

「きっと、陳思様のお知恵が導いてくださるでしょう」

巻物を押し頂き、林花は頭を下げた。

◆◆◆

朧月宮に帰った林花は、白麗と手分けして陳思の料理書を読《よ》み耽《ふけ》った。記されている料理はどれも工夫をこらした素晴らしいものばかりだが、皆手間のかかるものだった。

妃嬪たちを満足させる宴を開くには、豪華で手間がかかる料理を何品も出さなくてはならない。そのために必要なのは人手だが、朧月宮にはそれがない。人手は少なく、品目は多く、しかも一品一品手間をかける。そんなことが可能だろうかと林花は頭を悩ませた。

「何か手はないものでしょうか……」

林花は机に広げた巻物を舐めるように見入った。

ふと、ある一品料理の材料に目を留めた。

〈鮑、海鼠《なまこ》、干《ほ》し海老《えび》、ホタテ、マテ貝、フカヒレ、干《ほ》し烏賊《いか》、シイタケ、アミガサタケ、エノキタケ、タケノコ、冬虫夏草、クコの実、銀杏《ぎんなん》、八頭《やつがしら》、干《ほ》し棗《なつめ》、竜眼《りゅうがん》、白菜、朝鮮人参、豚腹、鴨《かも》、鶏、羊の腿《もも》、火腿《かたい》（塩漬けにして熟成させた豚の足）、鹿の腱《けん》、鳩《はと》の卵、河豚《ふぐ》、翻車魚《マンボウ》の皮〉二十種類以上の高級食材が並んでいた。名前は――佛跳《フォーティー》牆《チャン》。

「見たこともない料理です」

閃《ひらめ》きが走り、林花は夢中になって料理書に目を走らせる。未知の料理への興味と興奮が胸の内で膨らんだ。

手順も調理法も極めて難しいものだった。時間もかかる。だが、これは一品料理だ。たくさんの品を作って客を待たせてしまうこともなく、品数の少なさを食材の多さで補うことが出来る。

「これです！」

巻物を掲げて林花は叫んだ。昨日からろくに眠れていない白麗は半ば夢の中にいたが、その声で飛び起きる。

「白麗、材料を書き留めますので、墨蘭様に手形をもらって陽春宮の倉庫から材料をもらってきてください。ただし、猛虎を連れてです。猛虎中将と一緒ならば才人でも手を出すことはないでしょうから」

林花は急いで筆を出すと、木簡に材料を書き写した。

「は、はい！」

林花の大きな声に背中を押されるようにして、白麗は背筋を正した。

木簡を受け取ると、途端に白麗の不安の虫が疼《うず》き出《だ》す。一人での使いは初めてだった。

「あの、林花様は？」

「私は、道具を手に入れてきます」

林花は急いで門を出ると、陽春宮に向かって足を速めた。

◆◆◆

白麗は手形を手に、陽春宮にある後宮の倉庫街に来た。後宮に入ってくる品物は一度陽春宮の倉庫に収められ、それから各宮殿に分配される。

大門の脇にある倉庫にはひっきりなしに荷運びが入り、租税として全国から送られてくる絹や名産品で十もある巨大な倉庫は満杯だった。その品数の豊富さは都の市場にも劣らず、手に入らぬものはない。

大荷物になることを見越した白麗は隣の宮殿から驢馬《ろば》を借り、荷車を引いてここまでやって来た。

荷運びの男たちに興味を示す猛虎の注意をうまくそらしながら、倉庫を管理する女官に声をかける。

白粉を厚く塗り、眉を細く描いた吊り目の女性だ。印象は狐に似ていた。

「すみません。ここに書いてある食材を用意してほしいのですが」

白麗は墨蘭の許諾印をもらった木簡を差し出した。

「ああ、臘月宮の……」

水色の襦裙を着て、濃い化粧をした若い女官は木簡を見て怪訝な表情をする。

「ちょっと待ってな」

奥に入って中年の女官と二言三言言葉を交わすと、若い女官は戻ってきた。

「悪いね。今は物がないんだ」

女官は白麗に木簡を放って返した。

「ないって、こんなたくさんの品全部ですか？」

「ああ」

女官はうるさそうに答える。

「そんなはずは……。もう一度調べてもらえませんか？」

「ないものはないんだよ。後宮ってのはそういう場所なんだ」

怒鳴られて、白麗はようやく事態を察した。郭才人が手を回して朧月宮に品物が回らないように言い含めたのだろう。どこまでも意地が悪い。

「分かったら帰りな。こっちはガキの使いに付き合ってる暇はないんだ」

どうすることも出来ずに白麗が立ち尽くしていると、静かにしていた猛虎が動いた。俊敏に走り、倉庫に並んでいる壺の一つを倒した。

「何するんだい！」

女官は怒って手を上げようとするが、相手が猛虎中将だと気付き慌ててその手をひっこめた。

「それは、干し鮑ですよね」

木簡に書いてあった品だ。白麗は驚いた様子で倒れた壺を指さした。

「これはその……他の宮殿に運ぶ予定の品なんだよ」

言う間にも猛虎は他の壺をひっくり返す。上等の干し海鼠が出てくる。

「あの、海鼠もですか？」

「そうだよ！」

泡を食って海鼠を拾う女官に、猛虎は鼻を寄せた。

においを嗅ぎ、不思議そうに首を傾げる。

「な、なんだ」

「あなたのことを知ろうとしているのだと思います。なぜそこにある物をないと言うのか分からないのでしょう」

「それはその……仕方がないんだ」

猛虎に見つめられて、女官は後ろめたそうに目をそらした。

「ですが、意地悪をするのは分かり合っていないからだと猛虎は考えるはずです。だから、彼は私の友人として、もうすぐ親交を深めるための行動に出ますよ」

「何だい、親交って」

猛虎の鼻息が顔に当たり、女官は冷や汗をかいた。

「自分の匂いを付けて、友好を示します。つまり、全力で顔を舐めます」

白麗は怖い顔で言った。

「あなたの仕事は夕方まで終わりません。化粧は崩れ、眉墨は消え、髪にはよだれがたっぷり付いた状態で数刻正門前で働くことになるでしょう。正門を通る人々はみなあなたのことを噂しますす」

後宮の噂は一晩で千里を駆けるという。犬に舐められ、のっぺらぼうのようになった女官の名が都全体に伝われば、美を競う後宮の者にとっては致命的だ。

ひいい、と女官は悲鳴を上げた。

「そうなる前に食材を用意してください。お願いします」

白麗は慇懃に頭を下げた。

「そ、それは……」

何か言おうとした女官のうなじにぺたりと猛虎の舌が当たった。

女官は顔色を失う。

「す、すぐ揃《そろ》える！」

木簡を手渡され、女官は急いで倉庫の奥に駆けて行った。

◆◆◆

「これ、どこで見つけてきたんだい？」

陳思は林花が持ってきた無骨な壺をまじまじと見つめた。

大人が入れそうな巨大な壺だ。とても調理に使うものには見えない。

「陽春宮にありました。以前は陳思様が所有しておられたそうですね——佛跳牆用の特注品だと師伯様から教えていただきました」

「ああ、師伯様が管理してくださっていたのか」

陳思は懐かしそうに壺についた小さな傷をなぞり、染みついた佛跳牆の匂いを嗅いだ。

「林花は、この料理をどう思う？」

「繊細な料理だと思います。白切鶏のように熱を加え過ぎれば味が尖り、ほのかな味が台無しになる——そのような料理かと」

佛跳牆はたくさんの食材の味を濁らせずに調和させる必要がある。食材の一つ一つに気を使わなければならない。

「ふうん。あたしの考えとは違うね。煮物って、たくさんの食材を大鍋で煮ると美味いだろう。それのすこぶる高級なやつさ」

陳思は壺を叩いて笑って見せた。

「あとは食材が届くのを待つばかりなのですが——」

「お待たせいたしました」

乾物の入った壺を抱えて白麗が戻ってきた。

「どうでした？」

「猛虎と二人で倉庫番の女官の方にお願いして、そろえてもらいました！」

白麗は元気よく返事をすると、手に入れた食材を広げた。

「邪魔が入るかとも思ったのですが、余計な心配だったようですね。よくやりました！」

林花にほめられ、白麗はうれしそうに顔を赤くした。

「それでは作業に入りましょう。急ぎますよ。白麗」

林花はまな板の前に白麗を呼んだ。

乾物を軽く洗い、水につける。

海鼠は切り開いて砂を取り除き、烏賊、ホタテ、フカヒレ、鮑は丁寧に汚れを洗った。クコの実、棗は紹興酒を入れた湯で一度煮立ててゴミや汚れを落とし、悪くなっているものを取り除く。

他のものも丁寧に洗い、白麗に下ごしらえを任せる。

乾物を戻す間に林花は丸鶏、豚の赤身、さいの目に刻んだ火腿を熱湯に入れて灰汁を取った。それを取り出して水で洗い、陳皮《ちんぴ》、青葱、紹興酒を加えて半日煮た。

火腿で取った湯《タン》は香り高く、最高級の料理に使われるものだ。大鍋一杯の肉を扱うので、これだけでも大仕事だった。

「いい匂いがします」

白麗は息を吸ってうっとりとした。

「高湯《カオタン》と言います。これを基本に使います」

林花は額に汗して大量の高湯を別の壺に移した。

「陳思様、質問をしてもよろしいでしょうか」

「何だい？」

奥で死霊の料理人に指示を出していた陳思は振り返る。

「水は青凪《あおなぎ》平野か水連郷《すいれんごう》のもの——出汁を取る水の産地まで指定されているのはなぜなのですか？」

書いてあるとおりに宦官に頼んで都のとなりの村まで取りに行ってもらったが、そこまでする必要があったのかが林花には疑問だった。

「ああ、山地の水は石の気が混じっていて出汁が出にくい。だからと言って、森の水は地層が浅く石の気が全く入っていないから水が柔らかすぎる。だから乾物の出汁が一気に出すぎて味に品がなくなるし、食材の味が喧嘩をする。色々試して、ちょうどいい水を選んだんだ」

「選んだって、水ごとに出汁の出の違いを調べたのですか？」

白麗が驚いた顔をする。

「まあ、都の周辺の水は調べたよ。皇帝陛下が口にするものだ。当たり前だろう」

平然とした顔で陳思が答えるので林花はあきれてしまった。大雑把なんてとんでもない。緻密かつ綿密に調査された、気が遠くなるほどの鍛錬を重ねた匠《たくみ》による非常に繊細な料理だ。

「料理人という人たちは、なぜこうなのでしょう」

よい食材を求めて方々を走り回り、工夫と努力を重ねて、どんなことをしてでも客をよろこばせたい。父もこんな人柄だった。

「――それが報われるとはかぎらないのに」

思い出に少し心が痛むのをこらえて、林花は呟いた。

鮑、海鼠、干し海老、ホタテ、マテ貝、フカヒレ、干し烏賊、シイタケ、アミガサタケ、エノキタケ、タケノコ、冬虫夏草、クコの実、銀杏、八頭、干し棗、竜眼、白菜、朝鮮人参、鴨、羊の腿、鹿の腱、鳩の卵、河豚、翻車魚の皮を壺に詰め、隙間を高湯で満たし、さらに紹興酒を加える。

最後に隙間が出来ないように、しっかりと蓮の葉で封をした。林花の額に玉の汗が浮かぶ。

「懐かしいねえ」

厨房がひと段落したのか、陳思は近くの椅子に座って林花が作業する様子を眺めていた。

「思い入れがおありになる料理なのですね」

「ああ、記念日には旦那に作ってやったもんだよ」

「旦那様とはその――」

「先代の皇帝黄淵だよ。好物でね。後宮の奴《やつ》らには、徳妃が佛跳牆を作り始めると皇帝が遠征から帰ってくるなんて言われたもんだよ」

白麗がまだ信じられないというように陳思を頭からつま先まで見つめたので、林花は鼻をつまみ上げた。

「いいさ、徳妃なんて柄じゃなかったからね。徳妃になれたのは親父《おやじ》が正二品の大臣だったからだよ。それこそガキの頃から後宮に入るために舞や楽器をやらされたけど、結局何一つ物にならなくてね。憂さ晴らしで料理ばっかりしてたらそっちの方がうまくなっちまった。料理なんてお貴族様から見たら下女の仕事さ、親父には始終役立たずって小言を言われてたよ」

陳思は立ち上がって高湯をひと匙《さじ》すくって味を見た。黙って頷く。

「でも、先帝様は認めてくださったのでしょう？　嫌いな人をお妃になんてしませんよね」

白麗は遠慮なく訊いた。無神経に質問してしまうところが子供だと林花は気をもんだ。

「そんなものじゃないよ。女官の地位は親や兄弟の地位だよ。うちの親父は黄淵の伯母を妻に迎え、南の土地に大きな荘園《しょうえん》を持ってた。形式だけでもあたしを妃にしないわけにはいかない。それが申し訳なくてね。食事だけは三食いいものを作ったけど、それだって迷惑だったのかもしれない」

どこか愚痴るような口調で陳思は出汁をとった残りの鶏肉を二本の包丁でたたき、細かくした。骨付きの豚の腹肉と鶏の骨で二番出汁を取り、味の抜けた肉に出汁を含ませる。生姜と葱油を加えて白菜、エノキと一緒に炒めた。塩で味を調え、最後に豚の脂を加えた。

脂の焦げる香ばしい香りが厨房に広がった。

林花は宮女たちと力を合わせ、巨大な壺を枠を五つつなげた大きな蒸籠《せいろ》に入れた。火を調整して弱火を保ちながら蒸籠を湯気で満たした。

「このまま三日間蒸し煮にします。火は強すぎても、弱すぎてもいけない。白麗、蒸籠の湯と火を絶やさないように交代で見守りましょう」

汗を拭って白麗は頷く。

一息ついた二人に陳思はさっき作った賄いを出した。

「食いな。全部現世のもので作ったから、問題ないよ」

「ありがとうございます！」

よほど腹がすいていたのか、白麗は急ぐようにして箸を取った。

「でも、好かれているかも分からぬのに、これだけの料理を作っていらしたのですね。今も黄淵様の減刑のために臘月宮で働いておられる。なぜですか？」

白麗に不思議そうに訊かれ、陳思は顔を赤くした。

「そりゃあ……まあ、あたしがあの人が好きだからさ。妃に置いてくれて、あたしの作ったものを食べてくれて、感謝してる。子供こそなかったが、こんな容姿のあたしに愛情を傾けてくださったからね。でも――」

言葉を切って、陳思は疲れたように息をついた。

いつもの鷹揚《おうよう》な陳思からは思いもよらぬほど弱弱しい表情だった。

「あの方があたしを好きだったかは分からない。いや、絶世の美女が集まる後宮であたしなんかが妃に来て、内心失望していただろうね。罪を軽くするために朧月宮で働くのも、あたしが一人で決めたことさ」

後宮に入る女性の美しさは市井の美人とは格が違う。傾国の美女があふれる場所で、陳思はずっと肩身の狭い思いをしていたに違いない。

「何度もあの人の気持ちを訊こうかと迷ったよ。でも、出来なかったね」

嫌いだと言われたら、陳思は身を引いただろう。皇帝の荷物になるのは嫌だった。

同時に、皇帝から離れるのは耐えられないと思う陳思がいた。

その二つの思いがせめぎ合い、結局その言葉を口にすることは出来なかった。

「いいえ、陳思様は素敵な女性です」

真面目な顔で林花がそう言ったので、陳思は苦笑した。

「ありがとよ。林花」

蒸籠の湯気を見つめ、陳思は呟いた。

◆◆◆

満月の夜、臘月宮は銀の吊り行燈で彩られていた。

空には煌々と月が輝いている。元宵節は正月の満月を祝う行事だ。春節の終わりの意味もあり、たくさんの行燈を飾って月を眺め、真夜中まで宴は続く。

正門が開け放たれ、宴に呼ばれた妃嬪たちが輿に乗って続々とやって来た。

宮殿の主である墨蘭は正門の前に立ち、やって来る妃嬪たちを出迎えた。

ひときわ大きな朱塗りの輿が正門に到着した。瑠璃と金糸で彩られ、一品の妃にだけ許された鳳凰が描かれている。

「ようこそお越しくださいました」

挨拶され、輿から降りてきた師華淑妃に続いて、師伯が門にやって来る。

「なぜ、宴の開催を受けたのです？　あなたはもっと賢いと思っていました」

不満そうな顔で師伯が言った。

「心配していただけるのはありがたいが、説教なら宴の後にしてもらおうか」

墨蘭は不敵に笑う。

「その自信がどこから来るのか知りたいものだ」

「私の部下は、思いのほか優秀なのでね」

鷹揚に答える墨蘭を見て、師伯は眉をひそめた。

「どうぞ、お入りください」

促された師伯が宮殿の広間に入ると、月が見えるように吹き抜けの二階窓が開かれ室内には火が焚かれていた。

「お席までご案内いたします」

女官がやってきて、淑妃と師伯は帝の隣の席に案内された。

反対の隣には先客が座っている。玉《ギョク》をちりばめた派手な装いをした郭才人だった。

「素敵な夜ですこと」

才人は帝が来るのを待たず、温めた黄酒を飲んで頬を赤くしていた。

「師伯様も一ついかがですか？」

黄酒の入った瓶子《へいし》を勧められたが、師伯は断る。表情には出さないが、彼は自分の美貌を鼻にかける郭才人が嫌いだった。

「酒は好みません。心に隙を作りますから」

「師家の方は人の目を気にしすぎですわ」

上機嫌で才人は杯を干した。

「あなたの酒癖の悪さは噂に聞きます。郭家は享楽に浸りすぎるきらいがある」

「ええ、お高く留まったあの女が失敗するところが見れるのですもの。最高の享楽ですわ。どんな顔をして皆様に頭を下げるのか楽しみね」

「油断してあなたが恥をさらさないように気を付けるのだね」

ため息を一つついて、師伯は月に目を向けた。

「まさか、ありえないことです」

郭才人は笑った。年を重ねても美しい彼女には怖いものなど何もないように見える。

「そう祈るよ」

師伯は奇妙な不安を感じた。それは、墨蘭のことを考えると、いつも湧いてくる気持ちだった。

師伯が初めて墨蘭に出会ったのは十歳の時だ。それから四十年の時が経っているが、墨蘭の姿は全く変わっていなかった。太冥令になって朧月宮の秘密を知った後も、墨蘭が何者なのかは分からない。身構えるなと言う方がどうかしている。

師伯は女官が淹《い》れた黄茶《ホアンチャ》を毒見して師華に勧める。

淑妃は才人に遠慮するように俯いて黄茶を飲んでいた。

「あら、帝がお越しになられたわ」

才人は杯を置いて立ち上がる。

それに倣うように、広間にいた全員が立ち上がり、頭を下げる。

帝の姿を見て、女官たちの中には密《ひそ》かにため息を漏らす者もあった。

青い上着を羽織った帝は広間に入り周囲を見回す。武人だった父に似て背丈は高いが、顔は異国の姫であった母に似て凛々《りり》しい。護衛の宦官に囲まれた姿は一幅の絵のようだった。

「楽にしろ」

頭を上げるように命じ、帝は席に着いた。

「臘月宮で宴をするのは初めてだな。これはどういう趣向だ？」

広間を見回し、黄辛は訊いた。

「さて、私は存じませんわ。それよりも早く宴を始めてくれないかしら。私お腹がすいてしまったの」

笑いを含んで郭才人が答える。

「すぐに始めるさ」

招待客がそろったのを確認して、墨蘭は自分の席に着いた。

「何が出てくるのか楽しみだわ」

舌なめずりをして、才人は酒気を含んだ息を吐いた。

「林花」

墨蘭が声をかけると、料理用の台車が厨房から現れる。

赤い絹の覆いが掛けられた台車の上に載っているのは巨大な壺だった。

「あれは――」

師伯は驚いたように目を見開いた。

対して郭才人はただ一人、幽霊でも見たように息をのむ。

「な、なぜあれが……」

「郭さま、どうなさりました？」

才人のただならぬ表情に気が付いて、師華淑妃が声をかけた。

「い、いえ、何でもないわ」

才人は動揺したのを取り繕うように座り直した。

林花は宦官の手を借りて台車から壺を下ろし、蓮の葉で封をされた蓋を開けた。

またたく間に広間に芳醇《ほうじゅん》な香りが広がった。

食欲をそそる香りに客たちは唸るように声をあげる。

「〈佛跳牆〉と言います。あまりに薫り高い料理なので、仏法僧が隣から柵を乗り越えて見に来たという逸話からそう名付けられました」

料理の説明をしながら林花は蓋つきの深皿に料理を盛りつけてゆく。

大きな壺からは鮑や羊、フカヒレや海鼠など、珍しい食材がまるで魔法のようにとめどなく出てくる。料理の逸話のように、佛跳牆の香りを嗅いだ妃嬪たちは身を乗り出して喉を鳴らした。

「あんな若い女官が作ったのか、後宮の料理人でもうまく作れなかったものだぞ」

師伯は疑《うたぐ》るように言った。

「大丈夫さ、陳思だっていつも一人で料理を作っていただろう」

墨蘭は落ち着いた様子で女官から料理を受け取って帝に差し出す。

「もう二度と見なくてすむと思っていたのに——いや、無理よ。あれは陳思にしか作れないはず……」

郭才人は爪を噛んで横目で料理を睨んだ。

毒見が行われ、帝は器の蓋を開けた。

蓮華を取り、一口すすって驚いたように息を呑んだ。

「これは見事だ」

香りの強い香辛料や朝鮮人参も入っているのに味が丸く、二十以上の食材が見事に和合している。上品でありながら、余韻がいつまでも残る不思議な味だった。

幾重にも重なった深い味わいに黄辛は目を細める。

「なんてことだ……。これは陳思様の作る味だ」

濃厚な香りが、師伯の若い頃の記憶を呼び起こした。

彼が佛跳牆を初めて食べたのは、宦官になったばかりの頃だ。仕事中に「味を見てくれないか」と陳思に引き留められた。

一口食べ、この世にこんなに美味いものがあるのかと驚いた。

今思えば勤勉に働く彼を労《ねぎら》ってくれたのだろう。

もう二度と味わえないと思っていた料理を前にして、師伯はため息をついた。

「ふん……いい出来だ」

墨蘭は海鼠を口に運んでから、悠々と老酒を口に含む。

複雑な香りは年代物の老酒によく合い、香りを引き立て合っていた。

食材も柔らかく仕上がっていて、鮑も羊の肉も口に入れるとほろりと崩れた。

大量の食材を蒸し煮にしてゆっくり味を染み出させたが故の味だ。小さい壺で作ってもこの味は出ないだろう。大量の食材に三日以上かけてゆっくり火を通して、初めて出る味だった。

二杯目から具材が変わり、竜眼や白菜などの湯《タン》を吸い込んだものが盛られていく。

妃嬪たちは臘月宮の宮女から入っている具材を聞き、自分の好みのものを選んだ。

「具材を選んでもよいでしょうか。私はアミガサタケと銀杏を多めにお願いします」

師華は微笑んで女官にお代わりを頼んだ。

中にはしたないと分かりながらも、好奇心を抑えきれずに壺の中を覗きに来る妃嬪までいた。

会場の様子を見て、林花は胸を撫でおろす。

初めての料理で正直うまく行くか自信がなかった。

「有能な女官がいるようだな」

宴を楽しんでいる妃嬪たちを黄辛は興味深そうに見つめた。

宴の客たちはまるで料理の味に酔っているかのように笑みを浮かべていた。

佛跳牆と満月を肴《さかな》に、妃嬪たちは杯を重ねた。

和やかに宴が進む中、耐えかねたように音を立てて郭才人が立ち上がった。

「こ、こんな不吉な料理を出すなんてどういうつもり⁉」

彼女の金切り声を聞いて全員が顔を上げた。

「不吉？　何のことだ」

墨蘭にしては珍しく、怪訝そうな顔をした。

「決まっているでしょう！　あんな暗殺されるような女の料理なんて、気味が悪くて食べられやしないわ‼」

客は一様に口をつぐんで才人を見つめた。

静寂の中、妃嬪たちは困ったように目交ぜをする。

おかしな空気に不安になり、郭才人は眉を寄せた。

「暗殺とは何のことだ？　陳思様は病気で亡くなったはずだ」

師伯はそう言って周囲を見た。陳思を知っている古参の女官たちも頷く。

「違うわ、殺されたの。確かに聞いたもの」

酒気を含んだ声で、郭才人は馬鹿にするように笑う。

「郭才人、それは、誰から聞いた話だ」

師伯はいぶかるように訊いた。

「確かに私は――」

言いかけて才人は言葉に詰まった。

急に彼女の額に玉のような汗が噴き出た。

「……金で雇った刺客が『陳思を始末した』とあなたに言ったのか？」

師伯は鋭く才人を睨んだ。

郭才人は口を堅く閉じて押し黙った。

おかしな方向に話が進み、場がざわついた。

「証拠はないんだ。それくらいにしてやりな」

墨蘭はつまらないものを見るように言った。

「証拠はない――そうよね」

郭才人は笑い、顔に深い闇が落ちた。

「確かにあの女が嫌いだった。家柄がいいだけの目立たない女のくせに、一品になり上がって、下女がやるような料理で帝の気をひいて、あんな卑怯《ひきょう》な女、見たことがない」

郭才人は独り言のように語り続けた。

「それだけならまだいい。親の権力で成り上がっただけの不細工なら、まだ許せた。下女のようなことをして醜く足掻く愚かな女なら笑って許せた！　でも、あの女といる時の黄淵様のお顔、あいつの料理を口にした時のお顔！　あんな、あんなお顔を私には一度も見せてくれなかった。笑いかけてくださらなかった！　ずっとあのお方は、私の前では厳しい皇帝の仮面をかぶった人形のような男だった。許せるはずがないわ!!　あれほどの寵愛を受けながら、いつもおどおどと自信のないような顔をして、帝に悪いなどと謙遜する。冗談じゃないわ。だから私は――!!」

身の内に吹き荒れる怒りに耐えかねるように、才人は何度も卓を叩き、怒鳴った。

その美貌が凶暴に歪む。美しければ愛されるはずと信じて疑わない彼女にとって、陳思は決して受け入れられない存在だった。だから、大金を積んで暗殺者を後宮に引き入れ、病に見せかけて毒殺した。だが、才人の心が晴れることはなく、深い敗北感だけが残った。

「郭才人、その件、もう一度調べさせてもらうぞ」

師伯は立ち上がって才人を睨む。

「──お好きにどうぞ」

才人は席を離れて林花の方に歩み寄る。広間を照らす灯台を摑み、佛跳牆の大壺を割ろうと振り上げた。

「こんなもの──」

「やれやれ、その年になっても餓鬼だな」

いつの間にか墨蘭は、才人の背後に立っていた。

〈冥帝、月帝《げってい》の名において命ずる。帳よ降りろ〉

墨蘭の指が郭才人の額に触れると、彼女は糸が切れたように崩れ落ちた。

近くに立っていた女官が慌てて才人を支える。

怒りの表情は消え、気を失ったように郭才人は眠っていた。

広間は驚きと静寂に包まれた。

「宴を続けな」

運び出される才人を横目に見ながら、墨蘭は自分の席に戻った。

客たちはただ驚いて目を丸くしていた。

◆◆◆

「話とは何だ？」

宴が終わり、墨蘭は黄辛に残るように言った。

女官も林花のみを残して全員本殿の外に出されている。

「お前にも臘月宮の秘密を教えておかねばならない」

煙管に火を付けて、墨蘭は言った。

林花は毒見をしてから二人に黄茶を出した。

「後宮の中の話だ。本来は女系の皇族が知っていればいいことだが、黄陽子が亡くなり、今は妥当な娘はいない。だからお前が把握しておく必要がある」

「いいだろう」

黄辛は頷く。

「どこから話すか……林花、世界の始まりの神話は分かるかい」

後ろに控えていた林花は声をかけられて驚いたが、すぐに心を落ち着かせる。

「はい、世界は天も地もなく、混沌《こんとん》に満ちていた。神が混沌を陰と陽、光と闇、現世と冥界、天と地に分けられ、巨大な大地、『中原』が出来上がった」

「そうだ。陰と陽に分かれた世界は容易に交わりはしない。特別な場所を除いてはな」

黙って聞いていた黄辛は難しい顔をする。

「ここのことか」

「そうだ。ここは中原の龍脈が集まる特別な場所だ。多くの道士、風水師が術を張りめぐらし、龍脈の気が都の中で飽和している。そのせいで大量の気が光と闇、冥界と現世を交わらせる。誰かが均衡を保たなければならない」

「均衡が崩れるとどうなる？」

黄辛は訊いた。

「光と闇、現世と冥界、次に混ざるのは天と地だ。一度混ざり始めれば止めることは出来ない。中原は天も地もなく、生も死もない世界に戻ることになる。原初の混沌に逆戻りさ。分かるな黄辛。朧月宮に触れるな。何も知らぬ馬鹿ならば笑って許しもするが、朧月宮の真の姿を知って手を出すならば、私がお前を消さねばならない」

墨蘭は怖い顔で黄辛を睨んだ。

「覚えておこう」

黄辛は墨蘭の言葉を一言一句咀嚼するように反芻し、静かに頷く。

思いのほか重要な話を聞いてしまった林花は、居心地が悪そうに身を縮めた。

「そういえばお前は昔、白洪国《はくこうこく》に留学していたね」

墨蘭は思い出したように、切り出した。

「ああ、西方の文化が濃い白洪国は、学問に関しては最も進んでいるからな。父も兄も若い頃はあの国で学んだそうだ。それがどうかしたのか？」

「いや、今日の料理番を担当した林花もそこの出身でね、どこかで会っているかもしれないね」

話を聞いて、黄辛は憮然と首を傾げた。

自分の話が出て、林花は困る。

『――もし、出来たらでいいのですが、弟が困っていたら力を貸してあげてくれませんか？』

皇女の陽子にはそう言われたが、実際に皇帝を目の前にして、そんなことが出来るとはとても思えない。

「――話はそれだけだ」

話を打ち切って、墨蘭は煙管を置いた。

「今日は馳走になった。また作ってほしい」

帝はそう言って席を立つ。

「うちの宮殿で宴をするのはこれで最後にしたいね」

墨蘭は煙草盆に煙管を当て、灰を落とした。

「あの、先ほどのお話は私が聞くべきことではないように思うのですが、良いのですか？」

皇帝が帰ったのを確認してから、林花は墨蘭に訊いた。

「いいのさ、そのうち役に立つこともあるだろう」

墨蘭は天窓から見える元宵節の満月を見上げた。

◆◆◆

翌日の夜、陳思は大鍋を振りながら林花に話しかけた。

「しかし……驚いたね」

姿は見えなくなっていたが、陳思の霊はずっと厨房にいて元宵節の宴の様子を見守っていたのだ。

「郭才人の件ですか？」

「ああ、厨房で聞いていたよ。あの人、そんなに笑わない人間だったのかね。あたしの前ではいつも笑ってたってのに」

「師伯様も肯定していたようなので、そうなのでしょう」

林花は蓬を熱湯に入れながら頷く。

「そうかい」

陳思は目を伏せる。寵愛を受けていたなどと言われたことを思い出して、恥ずかしそうに顔を赤くする。

「乙女だ……」

すり鉢で蓬を擂《す》っていた白麗は珍しいものを見るような目で料理長を見つめた。

「それと、暗殺の件ですが、ご存じだったのですか？」

林花は顔色を窺うように質問した。

「……知らないよ。殺された方は誰の差し金かなんて分かりやしないし、墨蘭様はそんなことをあたしらに漏らす方ではないからね」

「そうですね……」

複雑な気分で林花は考え込んだ。

思わぬ形で自分の死の経緯《いきさつ》を知ってしまった陳思の気持ちを林花は計りかねていた。

「でも、思ったより腹は立たなかったね」

「命を奪われたのに――ですか？」

「殺されたのは、黄淵様が亡くなった後だったからね。そりゃあ死ぬ気なんてこれっぽっちもなかったが、ちょっと思ってたのさ、あの人がいない世界で生きるのは辛いなってね」

出来上がった料理を大皿に盛って、陳思は困ったような顔で笑った。

林花はため息をついて微笑む。このような人だから先帝にも愛されたのだろう。

「郭才人の噂は都中に広がっています。師伯様は才人のご実家の豪商や弟君であられる大臣殿にまできついお調べを進めておられますので、ただではすまないかと」

「もう証拠はないんだろう?」

「ええ、ですが暗殺者は才人のご実家ともつながりがあると聞き、師伯様はそちらの調査も始めておられます。そうなれば、お身内は保身に走ります。トカゲの尻尾切りで郭才人は縁を切られて〈冷宮〉行きとなるか、後宮を出てご実家にお戻りになられることになるでしょう」

〈冷宮〉は罰を受ける女官や帝の怒りに触れた妃が送られる牢獄のような場所だ。そうはならずに実家に戻るといっても、そこには厳しい現実が待っている。一族の恥とされて、外部から存在すら知られぬように幽閉されることになるだろう。

郭才人のように失脚した者がひどい扱いを受けるのを、林花は何度も見てきた。

「後宮ってのはそういう場所なのさ」

気持ちを切り替えるように陳思は首を振って、竈の前に戻った。

「外から見れば花園、内に入れば魑魅魍魎《ちみもうりょう》。それが後宮ですか——それでも、冥府の宮殿よりはましでしょうけど」

臘月宮の唐戸に彫り込まれた異形の獣たちを見つめて、林花は呟いた。

肆　怨霊と開水白菜

四月になり、日差しが暖かくなってきた。秋から冬にかけて漬けた酸菜《さんさい》が出来上がる時期だ。

酸菜は都で漬けられる酸っぱい白菜の漬物だ。冬に塩漬けにしてりんごや梨と一緒に発酵させる。餃子《ギョウザ》や鍋の材料としても好まれ、都の者はこれがないとご飯が食べられないと言うくらい酸菜に執着していた。臘月宮の女官、李月もその一人だ。

「遅れてすみません！」

日が暮れた後、いつもより遅い時間にやって来た李月は、厨房で調理をする林花に声をかけた。

「珍しいですね。何かあったのですか？」

「今朝は寝るのが遅くなって、寝過ごしてしまいました」

「帳簿の仕事が溜まっていたのですか？　言ってくれればお手伝いしましたのに」

林花は鍋を振る手を止めてすまなそうに言った。

李月は二十八になる女官だ。年は林花より上だが、料理に関しては二十一の林花の方が年季が入っていた。だから、どちらが先輩ということもなく、林花とは互いに認め合う仲だった。李月は算術の心得があり、臘月宮の帳簿を担っていた。

　李月は美しい女性だ。長く黒い髪は絹のようで、整った顔立ちは後宮の妃嬪と比べても見劣りはしなかった。仕事も出来、どこの宮殿に行っても重宝される女官だ。それだけに、臘月宮に来た理由が林花には謎だった。

「いいえ、その……酸菜を漬けなおしていたのです。古漬けにしようと思いまして」

　申し訳なさそうに李月は言った。

「もう酸菜の出来る季節でしたか」

「ええ、都の風物詩です。林花様の故郷では作らないのですか？」

「故郷では、白菜は特別な料理に使います。それこそ賓客をもてなすような」

　林花は故郷の景色を思い出して答えた。

「それはどんな――」

　言いかけて李月は広間を見回す。宮殿内の空気がおかしいことに気が付いたようだ。

「何かあったのですか？」

「痴情のもつれで女に刺された男なのですが、死に方に納得がいかないと暴れまして。置いてあった墨蘭様の煙管を壊してしまったのです」

「鬼ですか？」

「いいえ、自分の死を受け入れられないお客様です。初めは物腰が柔らかく良い印象のお客様だったのですが、己が死んだことを告げられると豹変《ひょうへん》しました。墨蘭様がおっしゃるには生前は質の悪い詐欺師だったそうです」

暴れた死霊はすぐに墨蘭の術で動けなくされたが、問題は墨蘭が大事にしていた煙管が壊されてしまったことだ。

「怒っていらっしゃるのですか？」

李月はそっと墨蘭を見遣《みや》る。

煙管が替わると煙草の味まで変わるらしく、墨蘭は予備の煙管を吸っては「まずい」と言って煙を吐いた。術を使う時のようなただならぬ気が意図せず漏れ出ていた。

「早めに対処いたしましょう。我々より場の空気に敏感なお客様に影響が出ます」

振っていた鉄鍋を置き、林花は広間の中央に足を向けた。

「墨蘭様、宮女たちを連れて材料の仕入れに行きたいのですが、よろしいでしょうか」

「仕入れにには遅いようだが」

日が落ちかける時刻だ。仕入れをするには遅い。

「はい、一緒に壊れた煙管の修繕を頼んでこようかと思います」

林花が言うと、墨蘭は眉を動かした。

「ほう、当てはあるのか？」

「はい」

「いいだろう、許可する」

そう言って煙管が入った箱を差し出した。

「では、行ってまいります」

頭を下げると林花は李月と四人の宮女を引き連れて宮殿の外に出た。

とりあえず許しをもらったことに安堵《あんど》して息を吐く。

「さて、煙管を直す方法ですが、どうしましょうか」

臘月宮の門を出て、林花が言った。

「先ほどは当てがあるとおっしゃっていましたが……」

白麗は首をひねる。

「ああ言わないと外出の許可は出ませんから、方便です。今は墨蘭様のお気持ちを静めることが最優先と思われたので」

そう言って林花は腕を組んだ。出来ると言っておいて、駄目だったでは事はすまない。

「都の職人に修理させるのが妥当なのでしょうが、私には煙管職人のつてがありません」

「それでしたら、知り合いに絹織物の職人がいます。私に帳簿を教えてくれた子で、職人の寄り合いにも顔が利いたはずです」

李月は思い出したように手を打った。

「どのような方なのですか？」

「私の親友です」

李月は微笑んだ。

卯花宮は後宮の宝物殿がある宮殿だ。歴代の后の装飾品や宝玉、調度品などの貴重品の管理をするのがここの女官の仕事で、宮殿の回廊には美しい壺が飾られ、殿舎の隅々まで高価な調度品であふれていた。

李月が友人への手土産と言って、酸菜の壺を一つ抱えているのがやけに場違いに見える。

宋礼《そうれい》という李月の友人は酸菜の古漬けを喜んで受け取った。

水色の襦裙を着た二十代の女官だ。やせ型だが血色がよく、健康そうだ。目立つような美人ではないが、人好きのする愛想のよい表情をしている。

彼女は李月から説明を受け、壊れた煙管を手に取って確かめた。

「そうですね……大宮大路《おおみやおおじ》に店を構えている古物商に頼むのが妥当かと思います」

「煙管職人ではないのですか？」

林花も煙管を見つめた。管が折れ、煙草を詰める部分が割れてひびが入っていた。

「かなり古いものですから思い入れがある品なのでしょう。羅宇《らう》には年代物の琥珀《こはく》が使われていますから、五百年以上前――元帝《げんてい》時代の品かと思われます。職人に渡せば古い羅宇は付け替えられ道具として直されるでしょうが、使用者がそれを望むとは思えません。預けていただければ手紙を添えて骨董《こっとう》として修復させます」

「助かります」

林花は頭を下げ、壊れた煙管を丁寧に扱う宋礼を見つめた。急に持ち込まれた仕事にも誠実に対処してくれている。職人らしい真面目な性格なのだと思った。

しかし、墨蘭にも思い入れのある品があるという考えは林花には意外だった。普段から超然としている臘月宮の主を見ていると、人らしい感傷と彼女を結びつけることはどうにも難しかった。だが、彼女にも大事にしている人や思い出はあるのだ。そうでなければ古い煙管を壊されて怒ったりしない。

「頼りになるでしょう？」

李月は宋礼の肩に手を添えて言った。

「大したことありませんよ。李月の方がずっとすごいんですから」

仲が良さそうに二人は笑い合う。

「お二人は知り合って長いのですか？」

林花は訊いた。

「ええ、二人とも都の商業区で育ったんです」

宋礼が答えた。

「知恵だけじゃないんですよ、宋礼はね。貴族が大金を積んで買うような高価な織物を織るんです」

李月は友人のことを自慢するように言った。

宋礼は西の草原地方の出身で、そこの女性は何年もかけて一枚の布を織りあげる。製法は門外不出で、帝ですら手に入れるのが難しいとされる。

「卯花宮にも一着あったわよね」

「ええ、虫干しの日に見ました。文様を見ると曽祖母が織ったものです」

「そのようなことが分かるのですか?」

林花は興味深そうに訊いた。

「文様は祖先の創作したものを受け継いでつなげるんです。曽祖母の文様に祖母の文様がつながり母の文様に私の作った文様が受け継がれます。そうして、遥かな祖先からの文様が一枚の織物になるのです」

過去に思いをはせるような目で宋礼は言った。

「高価な布を織れるのなら、なぜ後宮に?」

帝に見染められることを夢見て後宮に入る者もいるが、ほとんどの女官、宮女は給金目当てで入ってくる。都で稼げる口があるならばわざわざ入るような場所ではない。

「戦火でほとんどのものを失ってしまって……布を織るにも元手がなかったんです。私の民は国を持たず、墓石には名を残しません。機織りは祖先の魂を絹に刻み供養する意味もあるので、私の代で終わらせるというわけにもいきませんから」

「すみません。失礼なことを訊きました」

林花はばつが悪そうに謝った。

「悪いことばかりじゃないわよ。宋礼は年季が明けたら結婚するのよね」

とりなすように李月が口をはさんだ。

「ちょっと、そんなことまで言わなくていいのに」

李月の言葉に慌て、宋礼は顔を真っ赤にした。

恥ずかしそうにしてはいるが、恋人の話が出ると彼女の瞳は明るく輝いた。女官として数年働き、その給金を元手に家を買って新生活を始めるらしい。

「では、お願いします。主の持ち物ですので、費用はいくらかかっても構いません」

林花は煙管を箱に収めると宋礼に差し出した。

「承りました」

宋礼は姿勢良く頭を下げた。

宮殿に帰った林花は修繕の目途がついたことを墨蘭に伝え、墨蘭はいつもの落ち着きを取り戻した。

それからしばらく、林花は宋礼のことを忘れていた。

二十日後、彼女が死霊として朧月宮にやって来るまでは――。

◆◆◆

その日は猛虎が中庭に現れてその相手をしていたせいで、林花は少し遅れて本殿に入った。

猛虎を伴って広間に入り、客席を見回すと、違和感のようなものを感じた。

記憶を触られるような感覚に林花は眉をひそめたが、すぐにはその原因は分からなかった。

「ウウ……」

猛虎が唸る声を聞き、そちらに目をやって違和感の正体に気付いた。

知っている者が客として広間にいたのだ。ただ、あまりにも面変わりしていたためにすぐには誰か思い出すことが出来なかった。

ひどい顔をしていたが、それは間違いなく二十日前に顔を合わせた宋礼だった。

「李月様!」

林花は急いで同僚に声をかけた。

「何でしょうか」

「宋礼様が――お客としていらっしゃっています」

「……はい」

李月は暗い顔をしたが、慌てずに頷いた。

「知っていらっしゃったのですか？」

「ええ、知人の女官が報せてくれたので、埋葬に立ち会いました。病で亡くなったと聞きました。運がなかったのですね」

淡々と話しているが、李月の顔には泣きはらしたような赤みが残っていた。冷静さを保とうとする姿は逆に痛々しく感じられる。

「そうですか……お会いになりますか？」

「やめておきます。生者が死霊となった友人と会うのを墨蘭様は好まれないでしょうから」

李月は友人の姿から目をそらすようにして俯いた。

〈見てはいけない〉。親しい者がこの臘月宮で死霊と出会ってはいけない。死者と出会うことは生者を癒し、救うだろう。だがそれは現世で向き合って癒すべき感情だ。

「では、私が対応いたしましょう」

「お願いします」

林花が踵を返すと、李月は深く頭を下げた。

急いで宋礼の席に戻ると、猛虎はまだ唸っていた。

猛虎を落ち着かせるように背中を叩き、改めて宋礼の顔を見た。

目元には黒い隈《くま》が出来、髪も乱れていた。皮膚も荒れた土気色をしている。

林花が近づいても気付く様子はなく、周囲のことがまるで目に入っていないかのように食卓を見つめていた。

病死とは言え、ほんの少しの間に人がここまで変わってしまうものだろうかと林花は驚いた。

「宋礼様」

声をかけても返事はなかった。

「宋礼様」

林花が少し大きな声を出すと、初めて気が付いたように宋礼は目を見開いた。

「あの、大丈夫ですか？　ここはその——」

「分かっているわ。私、死んだのよね。臘月宮は本当に死者の宮殿なんですね」

ぼそぼそと呟く宋礼から生臭い死臭がただよった。

林花はハッとして宋礼を見つめる。

それは普通の死霊ではありえないことだった。普通の死霊は死因に関係なく生前の姿を保っているものだ。それなのに彼女の薄い皮膚には血のかたまった血管が浮き出て、口から覗く舌は赤黒く変色していた。

「では、ご注文を――」

「すこし放っておいてくれると嬉しいです。考え事がしたくて」

かすれた声で返事をした宋礼はそのまま黙ってしまい、また何も見ていないように視線を食卓に落とした。

「鬼になりかけているな」

振り返ると、背後に墨蘭が立っていた。

「鬼――宋礼様がですか？」

「ああ、罪を重ね、多くの恨みを買った魂、死んでなお現世に残した人や物への執着を手放せない魂は、現世から離れることが出来ず、冥界にも向かうことが出来ないのさ。特に生者への恨みは、魂を強く縛りつける。そういう魂は一度地獄に落とさねばならない。執着ってのは火種だよ。冥界には持ち込めない。だから地獄で体ごと焼くのさ」

林花は地獄の光景を思い描いて息を吞む。炎で焼かれることも恐ろしいが、執着心を奪われた人間がどのようになってしまうのかと想像するのも恐ろしかった。

「見てこられたかのようにおっしゃるのですね」

「見てきたのさ」

表情はないが、宋礼を見る墨蘭の目は怪しく光っていた。

「執着心が魂の性質を変えてしまうのですね」

林花は眉間に皺を寄せる。

「目を離すな。かなりの恨みを溜めていると見える。油断すると宮殿から出て行って誰かを憑り殺すかもしれない」

墨蘭の言葉に林花は眉をひそめる。二十日前に見た真面目そうな宋礼からは想像もつかないが、死霊となった今の彼女の印象は以前に見た鬼と似通っていた。

「前に会った時はあんなに幸せそうにしていらしたのに……」

林花は改めて変わり果てた宋礼の姿を見つめる。

「鬼になれば私が始末するだけさ」

墨蘭は冷たく言った。

林花が顔を上げると、遠くからこちらを見つめている李月と目が合った。彼女のやりきれない悲しい瞳を見て、林花は腹を決めた。

「宋礼様に何があったのか、私に調べさせていただけないでしょうか？」

林花の言葉を聞いて、墨蘭は彼女を見つめた。心の奥底を覗くような主の目に背筋が寒くなった。

「やってみな」

墨蘭は片手を上げて煙管を探した。そういえば煙管を修理に出したままだったことに気が付いた墨蘭は小さくため息をついた。

◆◆◆

墨蘭の許可は出たが、おいそれと仕事から抜けるわけにはいかず、外出が出来たのは宋礼の死から七日後の朝だった。

華美な彫刻が施された卯花宮の大門では、年かさの女官が独り箒で掃除をしていた。女官は寒そうにしながら日向《ひなた》で手をさすっていた。

宋礼の名前を出すと、女官は訝《いぶか》しげに林花を見た。

「あんた、宋礼さんの知り合いかい」

「生前にお世話になりました。主人の煙管の修繕を仲介してもらい、助けていただきました。お礼も言えぬままでしたので」

「そうかい。じゃあ後宮の墓地に葬ってあるんだ。手を合わせてあげなよ」

警戒を解いて女官は林花を宮殿の中に誘《いざな》った。

「後宮？　婚約者がいらしたと聞きましたが、引き取りには来なかったのですか？」

林花は驚いて女官に質問する。後宮の墓地に埋葬されるのは引き取り手のいない無縁仏だ。婚約者に引き取ってくれと言うのは無理な注文かもしれないが、せめて都の墓地に葬ることは出来なかったのだろうか。

「さてねえ。いったいどうしてなのか、私も知らないよ」

愚痴っぽく言って女官は首を振った。

女官は先に立って宮殿を出ると、後宮の北にある墓地まで林花を案内してくれた。

そこは石造りの高い塀に囲まれた日当たりの悪い場所だった。湿った土地に苔《こけ》むした簡素な墓石が並んでいる。

「ここだよ」

指さされた墓石には名前もなかったが、丁寧に束にされた花がたくさん捧《ささ》げられていた。

林花は黙って手を合わせる。

「面倒見がいい子だったんだ。自分の仕事だってあるのに、若い子に帳簿を教えたりしてたよ。生きて行くには騙されたり馬鹿にされたりしない知恵が必要なんだって口癖みたいに言ってた。私に言わせると、ちょっと人が好《よ》すぎるのさ」

女官は俯いて言った。

「宋礼様は皆に好かれていたのですね」

花に囲まれた墓石を見て、林花は呟いた。

「いい子だったよ。あんな子を嫁にもらえたら幸せだろうよ。でも、婚約者とは連絡もつかないまんまさ、あまりにも不義理じゃないのかね」

不満そうな顔で女官は墓石を見つめた。

「何か事情があったのでしょうか」

「ひと月くらい前にも婚約者と連絡が取れないって宋礼が言ってたよ。手紙が途絶えたみたいでね。あの子も心配して色々調べてたみたいだけど、ある時から急にふさぎ込むようになって、どうしたんだろうって思ってたんだ。でも、話も聞けないうちに病気にかかっちまった。結局何があったのかは、分からないままさ」

女官は訝しげに首をひねった。


墓所を辞した林花は、その足で陽春宮の倉庫番をする宦官の詰め所に向かった。

そこには良蔵《りょうぞう》という元衛兵の宦官がいた。

宦官とは、後宮で働くための手術を施された男性で、仕官するために自ら手術を望む者もいれば、〈宮刑〉といって刑罰として宦官にされる者もいる。

彼らは女官と同じように雑務をこなすほかに、後宮内の警備、警察業務に就いていた。また、女官とは違い、都と後宮の出入りを自由に行えた。

良蔵は優秀な兵士だったが、親類に罪人が出た。連座される形で〈宮刑〉を受け、宦官にされた。婚約者もいて兵士としての出世も約束されていたが、親戚の罪ですべて失ってしまったわけだ。

それで良蔵が人生をあきらめたかといえばそうではなく、今度は宦官としての出世を目指している。出世するには金と人脈が必要だと、金儲《かねもう》けに血道を上げていた。

良蔵は金を払えば外の市場に行って後宮にない品を手に入れてきてくれる。勝手に後宮に物を持ち込むのは禁じられているのだが、このような小遣い稼ぎはどの宦官もやっていた。

それに加えて良蔵は情報の売り買いもしていた。

金を摑ませると妃嬪の噂話や女官たちの身の上を調べてくれる。嫉妬や恨みが渦巻く後宮で、彼に金を払う者は多い。

良蔵を林花に紹介したのは李月で、彼女が都にいた時からの知り合いらしい。

訪いを入れると、良蔵は薄い髭《ひげ》を気にしながら詰め所から出てきた。

「何か手に入れてほしいものがあるのか？　酒や煙草ならすぐに用意できるが」

商人のような言い回しで良蔵は愛想を振りまいた。

「いいえ、話を聞きたいのです」

「話？　誰の噂が聞きたい？」

「あなたは宋礼という女官からある男の調査を依頼されましたね？」

「さて、なんの話かな」

良蔵はとぼけるように口の端を吊り上げた。

「女官が後宮の外のことを調べる手立ては多くありません。宋礼様が頼むなら、李月様の知り合いのあなたかと思いまして」

「悪いが、こういう仕事は依頼主の情報は明かさないのが決まりだ。知っててもあんたには言わないよ」

裏の仕事は信用が大事だ。無理に訊き出そうとしても、良蔵は口を割らないだろう。

「……分かりました。帰って李月様に相談してみます」

「待て、それは李月さんが来るってことか？」

林花は仕方なく引き下がろうとしたが、李月の名を聞いて良蔵は顔色を変えた。

「ええ、そうなります」

「それはまずい。俺はあの人が苦手なんだ。こう、顔を見るだけで冷や汗が出るんだよ」

泡を食う良蔵を林花は奇妙な気持ちで見つめた。李月は近寄りがたい雰囲気を持つ女性だが、恐れられるような人柄ではないからだ。

「李月様と顔を合わせたくないなら、あなたの知っていることを教えてください」

「それは無理だと言ったろう。俺は後宮の決まりは破るが、客を裏切る真似だけはしない」

林花は眉をひそめる。

良蔵と李月はどのような関係なのだろう。男女の仲であったとか——男性がいない後宮では宦官と男女の仲になる者もいると聞くが、賢い李月がそんなことをするとは思えなかった。

何にしても、普通の慌て方ではない。これを利用しない手はないだろう。林花は計算高く相手を観察した。

「裏の仕事の掟《おきて》はわきまえているつもりです。あなたから聞いた情報を吹聴するようなことはしません。ただ、宋礼様に何があったのかを知りたいのです」

好機と見た林花はたたみかけた。

「だがな……」

「あなたから聞いたことを漏らせば、李月様の顔をつぶすことになるでしょうし、宋礼様の名誉にも傷がつくでしょう。そんなことはいたしません。私も李月様もこの件で何があったのかを知らないで済ませることが出来ないだけなのです」

言い含めるように説得されて、良蔵はあきらめたように息を吐いた。

「……絶対口外するなよ」

「はい、私と李月様だけの秘密です」

林花は深く頷いた。

◆◆◆

二日後の夕方、林花が宮殿に戻ると果実が腐ったような異様な臭いが鼻を突いた。

林花の姿を見つけ、李月が駆け寄ってきた。

広間の中央で宋礼が髪を振り乱し、血走った目で墨蘭と睨み合っていた。恐れていたことが起こってしまったらしい。

宮殿に来ていた猛虎は、鼻に皺を寄せ、牙を剝き出してうなっていた。

林花が戻る少し前、突然宋礼が席を立った。どこに行くのかと尋ねた宮女を突き飛ばし、獣のように出口に向かって駆けた。その前に立ちはだかったのは墨蘭だった。

恐ろしい形相をした死霊を墨蘭は涼しい顔で見つめていた。

「どけ、あの男を殺しに行く！」

墨蘭を突き飛ばして逃げようと宋礼は駆ける。

獣のようなその速さに林花は息を吞んだ。

「それは聞けないね。〈冥帝の名のもとに、宋礼　清順《せいじゅん》　の動きを禁ずる〉」

墨蘭が呟くと宋礼の関節は固まって動かなくなる。

歯を剥き出して睨む宋礼の顎を摑み、墨蘭は観察した。

「客には手は出さない。そのまま固まっていな。鬼になった頃合いで地獄に送ってやろう」

宋礼は獣のように呻《うな》りギリギリと歯ぎしりをした。

「お待ちください墨蘭様！」

李月は二人の間に割り込んだ。

「まだ、宋礼を救う手立てはあるはずです」

「時間の問題さ、このまま放置すれば二、三日で鬼になるだろう」

「説得させてください。あと一日。それ以上の時間は取らせません」

林花も李月の横に並んで頭を下げた。

「無駄だよ」

「それでも、お客様として接するべきです。少なくとも、鬼に変わりきるまでは」

主張を曲げない李月を見て、墨蘭は眉を寄せる。

主に睨まれて、李月は体を震わせた。

「一日で済ませろ」

墨蘭が手を打つと、宋礼の体は傀儡《くぐつ》人形のように移動し座席に座った。

「まずは、私に任せてください」

術を解いて墨蘭は立ち去り、林花は彼女の正面に座った。

李月は声をかけたものか迷ってから、距離を取って二人の様子を見守る。

正面で指を組んで、林花は切り出す。

「馬徳《ばとく》――という男を知っていますか？」

黙っていた宋礼が急に呻《うめ》き声《ごえ》を上げた。

目を限界まで見開き、宋礼は林花を睨む。

「少し調べさせてもらいました。あなたの婚約者だった方ですね。その正体は質の悪い詐欺師です」

婚約者と連絡がつかなくなった宋礼は、良蔵に馬徳の調査を依頼した。

元衛兵だった良蔵の情報網は広く、すぐに馬徳の正体が分かった。詐欺、窃盗の常習犯で、妻も子供もいた。男は宋礼が後宮で働いた給金も、戦火の中でも手放さなかった先祖の織物も自分の懐に入れて姿をくらました。

宋礼も初めは信じられなかったが、知り合いの職人から母の織物が売りに出されていることを知らされて、信じないわけにはいかなかった。

騙されたことを知った宋礼は心を病んで体調を崩し、生きる気力を取り戻せぬまま亡くなってしまったのだ。

「居場所を知りたいですか?」

跳ねるように宋礼の体が動いたかと思うと、片手で林花の喉を摑み、人とは思えない強い力で絞め上げた。

「言え!」

林花の喉は今にも潰れそうにきしんだ。ほんの少し力を加えられれば喉の骨は砕け、林花は死ぬだろう。初めて体験する鬼の力に林花は驚いたが、感情を出さないように努める。

李月はあわてて駆け寄ったが、林花は手を広げて彼女を制した。

「脅されても言いません」

殺されかけているというのに、林花は悲鳴一つ上げない。

黙って二人は見つめ合った。

「私の料理を食べてください。そうすれば、男の居場所を教えます」

まずは落ち着かせて、会話が出来る状態になってもらわねばならない。話の通じない相手を対話の席に着かせるために、林花は取引を持ち出した。

「……騙す気か。ここの料理を食べたら冥界に送られるはずだ」

宋礼は警戒心をあらわにして言った。

「材料は現世のものを使います。それならばヨモツヘグイにはならず、あなたが冥界に引き寄せられることはありません。どうです？」

「嘘ならば、お前も殺してやる」

嚇《おど》しつける宋礼を連れて、林花は厨房に足を向けた。

調理台には鶏肉、家鴨《あひる》、豚の足、火腿、生姜、陳皮、葱、白菜、クコの実が並んでいた。

林花は家鴨と鶏肉を方頭刀で背中から二つに切り、ささ身を取り出す。豚の足から脂肪を削り、赤身だけを取り出した。

大鍋に水を入れて鶏肉、家鴨、豚の足、火腿を入れて沸かして灰汁を抜き、一度水にさらした。

その間に白菜を熱湯で湯がき、これも流水に浸《つ》ける。

灰汁が抜けた鶏や火腿を大鍋に戻し、水、葱、生姜、陳皮を投入して火にかけた。それを二刻の間、煮出した。

淡々と調理を続ける林花の横で、宋礼はブツブツと男への恨み言を呟いていた。人としての意識を失いつつあるように見える。

家鴨と鶏のささ身、豚肉の赤身をまな板に置くと、林花は方頭刀を両手に持って高速で刻みだした。細かい拍子で刻まれ、肉のかたまりはあっという間にひき肉状になる。

方頭刀を置くと、林花は火のそばに戻った。

重い空気の中、二人は長い間黙って竈の炎を見つめ続ける。

炎は宋礼の恨みの念のように揺らめき、怒りを燃やしていた。

林花は竈から離れずに薪を抜いたりしながら火力を調節し、立ち上がっては丁寧に灰汁を取った。

宋礼は魅入られたように炎に目を向けたまま口をきかない。

「これは、〈開水白菜《カイシエイバイツァイ》〉といいます。父の得意料理でした」

林花は根気強く話しかけた。

「私の出身は白洪国です。父はそこの宮廷料理人で、私の料理の師匠でした」

林花は白菜を水から取り出し、軸についたままの葉を一枚ずつ丁寧に包丁で細工をして行く。

白菜の葉を軸からはがさずに、全ての葉を一枚ずつ花びらのように仕上げた。

「父は私が十四の時に処刑されました。王に毒を盛ろうとした罪でした。しかし、本当は白洪の王に毒を盛ることを命令され、それを断ったせいでありもしない罪を着せられたのです」

家族の話に何か感じることがあったのか、宋礼の目が林花を見た。

林花は振り返らずに話を続ける。

「白洪国で大罪を犯した者は四親等まで処刑されます。家族はバラバラになって逃げ、今も生死は分かりません。私は王を恨みました。呪詛《じゅそ》の言葉を吐き、なん十年かかろうと王を八つ裂きにしてやると心に誓いました」

林花の家は火を放たれ、灰にされた。

逃げる途中で刃《やいば》にかかる親族の声を聴いた。

王都の門の前で兵士に捕まった家族もいた。

林花が生き残れたのは、偶然他国の王族の屋敷に迷い込んだからだ。

そこにいた王族が林花を匿《かくま》ってくれたために、衛兵の手から逃れられた。

細工が出来上がった白菜を確認して、林花はそれを冷水に戻す。

「屋敷にいた他国の王族は私の訴えを静かに聞き、匿う代償として私に一番美味いと思う料理を作れと要求しました。高慢な要求に腹を立てながら、私が作ったのは〈開水白菜〉でした」

話を聞いていた宋礼の憎悪が一瞬なりをひそめた。

それは壮絶な過去を持つ林花への畏怖かも知れなかった。

林花はほんの少し人らしい表情を見せた宋礼を横目で見て、作業を続けた。

故郷、白洪国の王、家族の悲鳴、傲慢な王族。あの時のことを思い出すと、林花は今でも業火のような怒りが燃え上がる。あの時の自分はきっと、今の宋礼と同じ鬼の顔をしていたはずだ。

大鍋から出汁を取った鶏肉や火腿を取り出した。白濁した湯《タン》が出来上がる。彼女は濁ったこの湯にさっき作ったひき肉を入れる。ひき肉は湯の中で泳いだ。

加熱されたひき肉は固まって浮き上がり、林花は網を使って丁寧にそれを取り出した。ひき肉が湯の中の細かい脂や肉片を吸着して固めていた。濁っていた湯は少し澄んだ色に変わる。固まったひき肉を全部取り出すと、林花は次のひき肉を入れた。

それを繰り返していくうちに、湯は魔法をかけられたように透明な金色に変わっていった。

「きれいだね」

宋礼はぽつりと言った。

「ええ」

「でも、こんなことして何になる」

美しくはあるが、ただ食べるものをここまで工夫して透明に変える必要があるのか、宋礼には分からなかった。

出来上がった湯の一部を小鍋に移し、弱火で先ほどの白菜を煮て味を染み込ませた。

「私は全力で料理を作りました。つまらないものを作れば、これを教えてくれた父の名誉に傷がつくと思ったからです」

味が染みた白菜をまとめ、大皿の中心に据えた。

「出された料理を口にして、王族の男は言いました。『私は復讐《ふくしゅう》というものを果たしたことがある。兄が戦で討たれ、私は復讐として敵の国を潰し、兄を殺した王の首を掻き切った。国に忠誠を誓った兵たちや、血を流さぬ平和な交渉、相手の国の罪もない民の命など、亡き兄が大事に思っていたすべてを犠牲にしてな。だから断言していい。復讐を果たした後、お前の手からは故人が残した美しいものは全て零れ落ちている。お前が復讐を願うなら、お前の父が残した料理を継ぐ者はなく、父の人生は意味のないものに変わる』と」

林花は黄金色の湯を注ぎ口のある磁器に移して、深皿に乗せた白菜と共に料理用の台車に載せた。

「父の復讐と、父の残した料理を守ることは両立できず、どちらかを選ばなければならない。――あえて目をそらしていた選択肢を突き付けた王族の男を、私は恨みました」

林花は反論することも出来ず、運命に抗う知恵も力も持たない自分がただ悔しかった。

「どちらを選んだの？」

会話をしたせいか、宋礼は少しだけ人らしい表情を取り戻している。

宋礼の問いに林花は答えることが出来ず、申し訳なさそうに笑った。

「あなたの人生はどうでしたか？」

宋礼は濁った目を林花に向ける。

馬鹿にしている様子は林花の表情からは読み取れない。しかし、宋礼は自分の恨みがちっぽけなものだと侮辱されたような気分になった。

「ひどかったわ。家族を戦で失って、何とか生きてきたけど、周りの男たちは私が持っている織物を奪うことしか考えていなかった。母のように小さな工房を持って仕事をしたかったけれど、女一人に工房を貸してくれる者はいなかった。若い商人の男が仲介してくれたら簡単に話が進んで、その男が救いの神に見えた。この男なら信用しても良いと金を預けたら、そいつは私の金も母の形見の織物も全部奪って行った」

「分かります」

林花は宋礼の手に目を留める。林花や父のように硬く大きな手、職人の手だ。

彼女の肩の位置がほんの少し右に寄っているのは、子供の頃から機織りをしていて、骨格が織機に合うように傾いているせいだ。人に喜ばれるものを作るために、彼女は努力を惜しまなかったのだ。

なぜ、彼女が鬼にならなければならないのだろう？

林花はあらためて馬徳に怒りを覚えた。

「私は母や祖母が生きた証《あかし》を残したかっただけ。それなのに、なぜ皆踏みにじるの？」

宋礼の中でもう一度怨嗟《えんさ》の炎が燃え上がった。醜く爪が伸び、牙が尖る。その姿はまた幽鬼らしいものに近づいていた。

「さて、料理は出来上がりました。広間に行きましょう」

食卓に宋礼を座らせ、林花は目の前に白菜が盛られた深皿を置いた。

「白麗」

林花が声をかけると、白麗が長い紙の巻物を持ってやって来た。

開いてみて宋礼は驚く。宋礼の家の文様が詳細に記されていたからだ。

「これは李月様が卯花宮の宦官たちから力を借りて作ったものです。私たちにこれを織る技術はありません。ですが、あなたと同じ技術を学んだ機織りの民が見れば織ることは可能でしょう。臘月宮の主が許可すれば、これは後宮の書房に収められます。そうなれば、いつか誰かがこれを見つけ、あなたの先祖の生きた証を残せるかもしれません。しかし、あなたが怨霊となって復讐を行うなら、主人は許可を出さないでしょう。怨霊は、臘月宮にとっては、招かれざる客なのですから」

宋礼は迫られた選択に狼狽しながら林花を見た。

「脅すのか」

宋礼は恐ろしい顔で林花に詰め寄る。

襟元を摑み、体が浮くほどの強い力を込めた。

「いいえ、訊いているだけです。選択してください。あなたの母や祖母がこの世にあった証を残すのか、それとも、復讐を遂げるのか」

人形のような目で林花に見つめられ、宋礼は身を引く。厳しい選択を迫られ、石を背負わされたような重みを感じた。

林花は乱れた襟を正して向き直る。

「答えをいただくのは食事の後で構いません」

宋礼を席に座らせ、林花は注ぎ口のある細長い器を持った。

飾り切りされた白菜の上にゆっくりと清湯《チンタン》を注ぐ。

宋礼は目を見開いた。

白菜の葉が上から注がれる湯《タン》の力で、花のようにゆっくりと開いていく。

蓮の花の形に細工された花弁は生きているように美しく、皿の上で匂うように開花した。

「何て――」

あまりの美しさに、宋礼は言葉を続けることが出来なかった。

「この料理が好きだった父に、その理由を訊いたことがあります。父はこう答えました。『相手を大切にしている気持ちが伝わるからだ』と」

林花は静かに頭を下げる。

「どうぞ、冷めないうちに」

ふわりと清湯の湯気が宋礼を包んだ。蓮華を取り、宋礼は湯をひと匙口に入れた。

味、香り、舌触り、どこまでも洗練されたものが喉を通った。

怒りと呪詛で一杯になっていた心を忘れ、全ての神経を味覚に集中させてしまう。

「ああ――」

ため息をつき、目の前にある料理に心を奪われた。

宋礼は白菜の葉を口に運ぶ。

嚙み締めると極上の湯が弾け、口の中がうまみで一杯になった。

清水のようでありながら、何よりも味わい深い。

「いかがでしょう？」

林花が訊いた。

「ひどい」

言って、宋礼はうつむいた。

「何でこんなに美味しいの？　ひどいわ」

目の前の料理と復讐のどちらかの選択を迫られた林花の心の内を想像し、戦慄した。

こんなにひどい選択があるだろうか。

この世界は、どこまで残酷なのだろう。

そして、自分も同じように残酷な選択肢のどちらかを選ばなければならない。

宋礼の瞳から涙が零れた。

「みんなひどい！　なぜ私に復讐を果たさせてくれないの？　私はただ……あの男を殺してやりたいだけ！」

宋礼は叫んで卓を叩いた。

涙が一粒零れるたびに、体の中に溜まっていた呪詛が出てゆくように感じた。

「李月もそうよ！　人を恨み、鬼になった私なんて、放っておけばいいじゃない!!」

涙が止まらなくなり、宋礼は倒れるように食卓に顔を伏せた。

感情が噴き出て、彼女は赤子のように泣いた。

「……友達だからです」

傍らに立ち、林花はしばらく泣き続ける宋礼を見つめた。

いくら恨んでも、呪っても、一生をかけて夢見た織物の美しさが、母や祖母が織り上げた布地の手触りの記憶、鮮やかな色彩の記憶がそれを拭い去ってしまう。

数刻の後、静かになった宋礼に林花は声をかける。

「さて、最後のお食事は、いかがいたしますか？」

はじめに約束したように開水白菜は現世の食材しか使っていない。冥界に行くにはもう一度注文をしてもらう必要があった。

宋礼はしばらく黙っていたが、やがて口を開く。

「都の老酒に酸菜の炒め物を」

「よろしいのですか？」

「あなたの料理は美味しかったけど……私が最後に食べたいのは李月の古漬けだわ」

自分に言い聞かせるように宋礼は呟いた。

開水白菜は、ただ静かに花弁を広げていた。

◆◆◆

墨蘭が冥界の門を閉め、林花は静かに扉に頭を下げた。

宋礼は冥界に旅立った。

ただ、自分に選択を迫った林花には最後まで良い印象を持たなかったようだ。

「嫌な役目をやらせてごめんなさいね」

李月は台車で大きな荷物を運んできて、申し訳なさそうに頭を下げた。

「これも仕事です。それに――」

「恨んでいる男は先に死んでいるものね」

納得がいかないように李月は頷く。

林花は良蔵に男の行方を調べさせた。その結果、詐欺師の男はひと月も前に別の女性に刺されて亡くなっていた。元からの性格だろう。朧月宮にやって来た男は自分の死を受け入れられずに暴れた。墨蘭に取り押さえられると、口八丁手八丁で自分の死亡は撤回されるべきだと主張した。男は徹底的に自分の死を受け入れなかった。墨蘭の煙管を壊したのも件《くだん》の男だ。

「宋礼様が婚約者と連絡が取れないと疑った時、男はすでに死んでいました。だからと言って、そのことを告げても宋礼様の心が救われるわけではなく、鬼となることを止めることは出来ません。宋礼様は自分で自分を救わなければならなかった。宋礼様を成仏させるにはあの方法しかなかったのです」

「私は長く現世にとどまった馬徳が鬼になってくれるように願いましたが、あのような者に限ってなかなか鬼にならないものですね」

李月は悔しそうに唇を噛んだ。

「でも、林花様はどうやって宋礼を説得されたんですか？」

「少し、身の上話をしたのです。同じように恨みを持つ私になら心を開いてくれるかと思いまして」

「その話、お聴きすることは出来ませんか？」

宋礼と同じような恨みを背負っていると聞いて、李月は林花を気遣うように声をひそめる。

「申し訳ありません」

林花は首を振った。

家族を失った林花は名前を捨て、間諜になった。父の仇《かたき》の王族に近づく機会をうかがいながら命令をこなし、間諜として北燕国に入り込んだ。だがそこで北燕国の間諜に正体を見破られ、追い詰められたところを墨蘭に救われた。彼女は契約を交わして林花を雇いたいと取引を持ち掛けた。林花はそれを受け、墨蘭は臘月宮で働く代償として一つだけ林花の願いを叶えることを約束した。

林花は自分が何を願うのか、分からない。だが、墨蘭はきっと知っているのだろう。陳思が以前言ったように、彼女は何でも分かっているのだから。

「ところで李月様、その荷物は何ですか？」

林花は今更ながら李月が運んできた荷物に目を留めた。

台車に載せた大きな箱にはたくさんの金属の器具が入っていた。

金属の器具は見たところ料理人が野菜を動物や宝塔の形に細工する刀に似ているが、そのどれとも微妙に形状が違う。他にも方頭刀に似ているものや巨大な剃刀《かみそり》が入っていた。知っているのは大包丁という骨を砕く鉈くらいだ。

「これはね、人に使うのですよ」

李月はにっこりと微笑んだ。

「李月、何をしている。行くよ」

墨蘭が地下室に向かう階段の入り口から李月を呼んだ。

その手には、金で継がれて修理された煙管が握られている。

「詐欺師の男――馬徳は何度反省を促しても暴れるのを止めないのですよ。そのうち宮女の一人に怪我をさせましてね。私、墨蘭様に申し出たんです。『前職のやり方で良ければ男性を静かにさせる方法を知っています』――とね」

「そんな方法があるのですか？」

それに、李月の前職とは？　林花は何のことか分からず眉をひそめた。

「秘密です。秘密ですが――」

李月の笑顔は変わらずに、花のように美しかった。

「林花様は〈切り師〉という仕事を御存じですか？」

李月は薄く歯を見せて笑うと、台車の荷物を担いで地下へと消えて行った。

〈切り師〉とは、普通の男性が宦官になるための処理をする専門職だった。

背筋に一筋汗がつたう。

『俺はあの人が苦手なんだ。こう、顔を見るだけで冷や汗が出るんだよ』

宦官の良蔵の言葉がよみがえった。

「なるほど、良蔵様が怖がるわけですね……」

地下への通路の前にしばらく立ち尽くしていた林花は、黙って首を振った。

「悪事をはたらくなら、その報いを受ける覚悟が必要ですね。この世と——あの世で」

林花は箒を持って庭に向かう。

男の悲鳴が聞こえない場所でしばらく時間を潰すつもりだった。

伍　医師の饅頭

その日の白麗は臘月宮の客が動き出す夕刻になっても本殿にやって来なかった。

怪しんで林花が様子を見に行くと、白麗は自分の部屋で熱を出して動けなくなっていた。

すぐに李月が卯花宮まで走り、医者を連れてきた。

髭を蓄えた宦官の医師で、名を申忠《しんちゅう》という。

いつも眠そうな顔をしているが腕は確かで、後宮の女官たちから信頼されていた。

「肺炎になりかかっているね。無理をしすぎたんだろう」

胸の音を聞いて、申忠はそう診断した。

林花は頷く。母の高玉が亡くなってから白麗は、一人前の女官になるためにずっと無理をしていた。本人の意志だからとそのままにさせていたが、もっと早く休みを取らせるべきだったと林花は反省した。

後から部屋に入ってきた猛虎は、黙って林花の顔を見つめていた。そのしぐさに責められているような気分がして、林花はうなだれる。

「なるべく暖かくして動かさないように。起きたら湯に生姜と蜂蜜、塩も少し入れて飲ませなさい」

丁寧に白麗に上掛けをかけ直すと、申忠は立ち上がった。

「ありがとうございました」

林花は自戒も含めて深く頭を下げた。

「薬を処方するから、夜が明けたら取りに来るといい」

そう言って申忠は出口に向かったが、ふと立ち止まって鼻を動かした。

「――甘い匂いがするな」

見送ろうと後ろに立った林花も同じように周囲の匂いを嗅いだ。

「ああ〈煎餅《ジエンピン》〉ですね」

地方によっては一月の二十三日に小麦の粉を水で溶いたものを焼いて神に捧げる。円く薄い焼き菓子だ。中原では月餅《げっぺい》や月見団子のような丸い食べ物は円満につながるといって縁起が良いとされる。

また近くの宮殿に配ろうと林花が作ったものだった。

小麦の餅で干し芋と蜂蜜を巻いて甘く作っている。

「よろしければ持っていかれますか？」

「催促したようで悪いね。甘いものは大好きなんだ」

手早く竹籠に詰められた煎餅を見て、申忠は嬉しそうな顔をした。

申忠が外に出ると、林花は明かりを持って門までついてきた。礼儀正しく頭を下げ、申忠が見えなくなるまで見送った。

見送られた申忠は、照れくさそうに何度も振り返った。

林花が宮殿に戻ると、珍しく墨蘭が中庭まで出てきていた。宮女たちを使って、中庭にある木材の道具を倉庫に片付けさせていた。

「医者を呼んだのか」

「はい、卯花宮の申忠先生にお越し願いました。後で薬を取りに来るようにとのことです」

「いいだろう、行ってきな」

そう言って墨蘭は中庭に目を戻した。

「何をされているのですか？」

せわしなく働く宮女たちを見て、林花が訊いた。

「燃えるものを仕舞うように言ったのさ、火難の相が出ている」

墨蘭は真面目な声で言った。

林花は占いの類《たぐい》を信じる人間ではないが、冥界に通じ、おかしな術まで使う墨蘭の言葉だ。信じないわけにはいかない。

「宮殿が火事になるかもしれないのですか？」

「いいや、燃えるのは都さ」

墨蘭は苦い顔をした。

◆◆◆

臘月宮を訪れた翌日、申忠は陽春宮へ向かった。

陽春宮は後宮で最も大きな宮殿だ。数千人が暮らす後宮には、毎日たくさんの品が運ばれる。日用品だけでなく、妃嬪たちが着飾る絹や、装飾品、食材となる獣たちも集められている。獣が鳴き荷運びの宦官たちが荒っぽく怒鳴り合う。倉庫区画では、今日も多くの者たちがせわしなく働いていた。

「先生こんにちは、お世話になっております」

散策するような足取りで申忠が倉庫街を歩いていると、浅葱色《あさぎいろ》の襦裙を着た若い娘が声をかけてきた。以前に腹の病を見てやった朱李《しゅり》という宮女だ。

「ああ、体調はどうだね」

「ええ、おかげさまであの後は痛みもなくなりました。私、子供の頃からずっとお腹が弱くて……治るなんて思ってもみませんでした。故郷では体が弱くて、とても嫁の貰《もら》い手《て》がいないって言われていたんです」

荷運びの男たちにも負けない元気な声で朱李は言った。

もうすぐ後宮の年季が明ける彼女の目は、希望にあふれていた。

「それは良かった。薬は故郷に帰っても飲み続けなさい」

元気のよい朱李に気圧《けお》されながらも申忠は笑顔を作った。

「先生、薬の材料は足りているかい？　必要なものがあったら声かけてくんな」

倉庫番をしている太った中年の女官が遠くから声をかけた。

前に食あたりを治してやった女官だ。

「ああ、なくなったらよろしく頼むよ」

うれしく思う一方で、少しもて余す気持ちもあり、申忠は困ったような笑みを返した。

「先生、最近食が細いんだが、これって病と関係あるのかね」

若い宦官が心配そうに質問してきた。

「一回診てあげよう。時間がある時に診療所に来るといい」

宦官にそう言い置いて、申忠は歩いて行く。

長年後宮で働いている申忠は皆に慕われていた。行く先々で患者だった者たちから声をかけられる。治療の礼だと果物や干し魚などを渡され、申し訳なさそうにそれを抱えた。

周囲からは名医などと言われているが、申忠は特筆して良い腕を持っているわけではなかった。強いて言うなら、患者の話をよく聞き、手を抜かずに診療をしているだけだ。だが、後宮のようなほかに比べられる医者がいない環境では手を抜く輩が多い。後宮医という立場に胡坐《あぐら》をかかずにきちんと仕事をしているという点で言えば、確かに申忠は良い医者だった。

荷物の積み下ろしをする男たちの間を抜け、彼はゆっくり歩いた。

「連坦《れんたん》……」

申忠は聞かれぬように誰かの名前を呟く。

大きな荷物を担いだ体格の良い宦官とすれ違う。

申忠の手の中できらりと刃物が光った。手術用の小刀だった。誰にも見られることなく、刃は宦官の背中をかすめた。

宦官はチクリとした痛みを感じたが、虫か何かかと思い、そのまま倉庫街に消えた。

馬車を避け、申忠は倉庫街の荷物を品定めするように見つめながら、ゆっくりと陽春宮を一周した。

陽春宮の門にたどり着く頃に、倉庫街で悲鳴が上がる。

「大変だ。連坦が倒れた！」

中年の女官が叫んだ。

倒れたはずみで積み上げてあった荷物が崩れ、巻き添えを食った者もいたようだ。蜂の巣をつついたように、倉庫街は騒然とした。

中忠は見つからぬように、喧騒から離れた。

診療所に帰る道すがら、中忠は懐から木札を取り出した。

〈連坦　恵独《けいどく》〉木札には先ほど亡くなった宦官の名が記されていた。

中忠は医者の家に生まれ、十四歳で徴兵され、今の大将軍、留魁の軍に所属していた。戦が最も激しい時代で、何度も死線をくぐって生き延びた。八割の兵士が死ぬような凄惨な戦でも彼が生き延びられたのは、戦に強い将軍のおかげだった。

何度も命を救われ、留魁には心からの忠誠を誓っていた。十六で兵役を終えたが軍に残り、二十一歳で百人長にまで出世し、五度の戦を経験した後に三十五歳で退役、医学を学び直し、都で診療所を開いていた。妻子はなく、四十九になった今は宦官となり、後宮医として働いている。

しかし、その裏の顔は大将軍留魁の指示のもとに働く暗殺者だった。

もっぱら後宮の中で、内通者から渡される木札に記された者を始末するのが仕事だった。

「何人殺すのやら……」

去年の暮れから始末する人数が急に増えた。

今まではせいぜい一、二年に一人だったものが、ここ一か月は十人を超えている。始末する相手は、貴族や役人たちが後宮の動向を探るために遣わした間諜だ。留魁は暗殺によって監視の目を減らした上で、帝に黙って都に駐留する自分の兵を千人規模で増やしている。将軍は帝都のひざ元で、堂々と謀反の準備をしていた。

申忠は指を折って数えるように、今まで始末した者たちを頭の中で数えた。そうして歩いていると、真っ暗な沼の底を進んでいるような気分になった。

「――昔はそうではなかった」

留魁の敵を殺すことに抵抗はなかった。申忠の手はとっくに血で汚れていて、そのことで地獄に落ちる覚悟は出来ている。

ただ、理由のない殺しは嫌だった。留魁が出世するためでもいいし、知られてはいけない情報を隠すためでもいい。殺しは何かの結果にきちんとつながっていないといけない。

しかし、ここ数か月の殺しは、敵らしき者を見つけては無差別に始末する作業になっていた。彼にはそれが耐えられなかった。

歩いて行くと、焚火《たきび》でごみを焼いている宦官を見かけた。少し痩せた印象がある目立たない男だ。特徴のない顔の宦官は黙って作業に集中している。

申忠は先ほどの木札をその焚火に投げ入れた。

「首尾は？」

痩せた宦官に話しかけられ、申忠は黙って頷く。

「次の仕事だ」

宦官は申忠を見ずに新しい木札を差し出した。

「殺す理由は？」

「そんなものが必要か？」

彫りの深い顔立ちの宦官には表情らしいものがなく、落ちくぼんだ目はただまっすぐ前を見ている。その姿に申忠は人形のような印象を受けた。

「必要だね」

申忠が黙って睨むと、宦官は鼻で笑うように息を吐いた。

「間諜だ。陽子様の周りを調べていて、何か情報を持っている可能性がある」

「可能性だけで人を殺すのかね？」

申忠は声を押し殺して言った。

「そうだ。それと、その女官が働いている朧月宮を調べろ」

「注文が多すぎる。調査は本職ではないよ」

「ついででいい。朧月宮におかしな術を使う女がいるという噂を留魁様は気にかけておられる」

機械的な調子で宦官は言った。考えることを止めているのではないかと思い、申忠は嫌な気分になった。

「出来るようならやってみるよ」

「今は大事な時期だ。近いうちに将軍は事故に見せかけて帝を始末する。次に玉座に着くのは将軍と縁戚関係にある高武《こうぶ》様だ。高武様は西方に領土を広げる計画を進めている。将軍は重用され、その地位は不動のものとなるだろう」

「帝を始末するなどと軽々しく口にするものではない」

申忠は憂鬱そうに言った。

「なぜだ。結果は変わらない」

「将軍が国を牛耳るということがどういうことか分かっているのか？　また大きな戦をするということだぞ」

「そのために今まで働いてきた。お前は違うのか？」

問われて、申忠は答えることが出来なかった。

ずっとそのつもりでいたが、今は迷いが出ている。

「人生で、二度も帝の命を狙うことになるとは……」

自分の業の深さに申忠は戦慄する。

木札を懐に入れ、彼は背中を向けた。

「間違えるなよ。俺は宦官じゃないし、あんたは医者じゃない。薄汚い暗殺者だ」

逃げるように立ち去る申忠の背中に、宦官の言葉が投げかけられた。

◆◆◆

「——俺が要らなくなる世界、それが素晴らしい人生ってやつだ」

留魁がそう言ったのは、行軍の最中だった。二十年も前の話だ。

敵の背後を突くために山越えを試みていた。少数の兵を率いての強行軍。敵に見つかればひとたまりもない。雨も降り出し、兵たちは疲弊していた。

留魁は雨男で有名な将軍だ。戦をする時は決まって雨が降るので、〈雨将軍〉と呼ばれていた。

兵たちを元気づけるように留魁は話しはじめた。

「人は俺のことを鬼と呼ぶ、てめえの命が惜しくないみたいな戦い方をするからだ。だがな、生まれついての兵士の生きざまなんてものは、どいつも似たり寄ったりさ。戦で生き残るのは恥だなんて言って、自分から乱戦に突っ込んで行く奴らばっかりだ」

荒い息を吐きながら、下草を切って道なき道を進んだ。

「——本音を言うとな、生き残るのが怖いんだ」

驚いた顔をする申忠に、留魁は笑って見せた。

「俺は、十歳になった時から戦場にいる。矢の雨をかいくぐって、必死に生き残ってきた。出世して、多くの兵を任されるようになり、領地だって手に入れた。そうすると、先が見えてくる。あと何度か戦をすれば、ひょっとするとこの中原を平定することが出来るかもしれない。平和ってやつが来るのかもってな。戦で畑を焼かれる心配もなく、毎年の実りに感謝して生きる平穏な時代がやって来るんだと——」

下草を切る手を止め、留魁は悲しそうな顔をした。

「そこまで考えて気付いたんだ。ガキの頃から戦場にいた自分は、戦場を離れたら何一つ出来ないってことに。きっと、他の蛮勇している奴らも同じだ。生き残っちまって、自分を必要としない平和な世界で生きるのが怖いんだ。生き残るのが恥なんてのは、見栄を張っているだけだ」

留魁は肩を落とした。鬼と呼ばれる巨漢の将軍が、急に小さく哀れに思えた。

「それでも、平和にせにゃいかんわけだ。俺は、俺の人生を戦を終わらせるために使うと決めた。俺が要らなくなる世界。それが俺の素晴らしき人生ってやつだ。じゃなきゃ、なんのために矢の雨をくぐってきたのか分からんだろう」

留魁は豪快に笑い、歩みを進めた。

部隊はもう、敵の野営地が目に見える距離まで近づいていた。

陽気で豪快な将軍だった。彼が心から兵たちを信頼するからこそ、兵たちも命を預けることが出来た。

◆◆◆

気が付くと申忠は診療所が見える距離まで近づいていた。

卯花宮の端にある小さな建物だ。すぐ横に広い畑があり、門の横にある金柑《きんかん》の木が申忠を迎えた。

「――おや？」

畑の入り口に人影を見つけ、申忠は素早く警戒した。

「勝手に入って申し訳ありません」

畑に立っていた女は深く頭を下げた。昨夜《ゆうべ》診察に行った臘月宮の女官だ。確か林花と名乗っていた。

「薬を取りに来たんだね。すまない、すぐに処方しよう」

「お構いなく。おかげさまで白麗も落ち着いているようです」

林花は畑に目を向ける。油菜《あぶらな》や大蒜《にんにく》、諸葛菜《しょかつさい》など、多様な野菜が作られていた。

「菜園は申忠様が管理しておられるのですか？」

「ああ、力仕事は宦官に手伝ってもらっているがね」

「見事なものですね、ご趣味で畑を？」

「いや、薬にするんだ。『食療本草《しょくりょうほんぞう》』という医学書があってね。普段の食事から病をなくす方法を論じたものだ。医者の薬だけが病を治すのではない。普段の食事にも病を克服する力はあるんだよ」

申忠は腕を組んで、畑を見回した。

畑作りは殺伐とした仕事をする申忠にとって、心のよりどころだった。

土に触れると嫌なことが忘れられ、心が落ち着いた。

野菜を育て収穫する仕事には、暗殺では得られない喜びや達成感があった。

「大蒜は血の病を退け、体の毒を下す。油菜は貧血を改善し、老化を予防する。こういうものを日々提供するのが本当の医者の役割だよ。葱もまた血の病を退ける薬になるが、それは人間にだけだ。我々は気が付かないが葱は人間以外の動物には強力な毒となるんだ。面白いことにね、人間は葱の毒に耐性がある特殊な生き物なのだよ」

そこまで話して、申忠は顔を赤くした。

「――失礼、こんな話が面白いはずがない。調子に乗って長々と喋ってしまった」

会ったばかりの女官に熱っぽく語ってしまったことに気が付き、申忠は恥じ入った。

「いいえ、参考になります。私は料理人なのですが、お客様の健康を考えて料理をするという考えは興味深いです」

真面目な顔で頷く林花に、申忠は苦笑いする。気を使われているのだと思った。

「解熱剤だったね」

申忠は診療所に入り、薬棚に向かった。

棚に胸が当たり、申忠は懐に木札を入れていたことを思い出した。

彼は何気ない様子で棚の陰で木札を確認した。

〈左林花　安土《あんど》〉

木札にはそう書かれていた。

真面目そうなあの娘が間諜なのかという失望と、また殺すのかという疲労感がのしかかってきた。

「兵でない者を殺すことへの躊躇すらなくなったのだな……」

申忠は静かに息を吐き、暗殺用の小刀を手の中に収めた。

◆◆◆

留魁が変わったのは、申忠が最後に戦に出た時だった。

敵の主力を打ち破り、後は敗残兵の処理をするだけ。留魁の軍には完全な勝ち戦の空気が流れていた。これが終われば、中原は平定され、しばらくの間、国は安定するだろう。それを機に申忠は故郷に帰り、実家の診療所を継ぐ予定だった。

　真夜中、留魁は兵たちと勝利の美酒を楽しんでいた。酒が飲めない申忠は早々に宴の席を辞して、天幕で明日に備えていた。寝具を敷き休む用意をしていると、外に気配を感じた。

　剣を腰に差してそっと天幕を出ると、暗闇から留魁が現れた。体中に血を浴び、剣を杖《つえ》にしてかろうじて立っていた。申忠が駆け寄ると、糸が切れたように膝をついた。

「裏切りやがった……」

　苦悶《くもん》の顔で言う留魁に肩を貸して天幕に入れると、急いで傷を確かめた。

「止血はいい……毒を、盛られた……」

　息も絶え絶えに留魁は喋った。

「誰に――敵ですか⁉」

「帝の黄淵だ！」

　子供のように顔を歪め、留魁は泣いた。

　夕刻に帝の使者が酒食を運んで来て、宴席を設けてくれた。その酒には毒が盛られていて、たちまち留魁たちはもがき苦しんだ。使者たちは側近の兵たちを始末して、毒で弱った留魁にとどめを刺そうと剣を振り上げた。部下たちを殺された怒りに震えながら留魁は獣のごとく剣を振るい、使者たちを皆殺しにして中忠の天幕まで逃げてきた。

帝がこのようなことをした理由は分かる。国の平和に最も邪魔なのは、強すぎる将軍だ。戦の中でしか生きられない彼らはまた戦場に戻ろうとするだろう。そのような者たちが国内で争いを始め、内側から滅んだ国はいくつもあった。暴走した武力を制するには、さらに大きな武力が必要になる。しかし、この国に留魁よりも戦に長《た》けた将軍はいない。

平和な国を造るために、帝は留魁を始末しなければならなかった。人は非情だと言うだろう。だが、冷酷でない者に戦の世を終わらせることは出来ない。

理解は出来る。だが、これはあまりにもひどい。

実家は診療所を営んでいて、医療の心得があった中忠は大量の塩水を用意して、それを留魁に飲ませては吐かせるを繰り返した。

夜が明ける頃、毒を吐き切った留魁は何とか命を取り留めた。

毒の後遺症と裏切られた怒りで、留魁の顔はすっかり変わっていた。

天幕から漏れる細い朝日を浴びて、留魁は弱弱しい声で中忠を呼んだ。

「――帝を、黄淵を殺せ」

留魁の目から一筋の涙が流れた。

「他に……生き残る道は……ない。やらねば……俺も、暗殺の秘密を知ったお前も消される」

申忠は頷いて、弓を手に取った。

空は曇り、遠くで雷鳴が聞こえた。強い雨がざあざあと降りだした。

申忠は雨に身を隠して帝の背中を射貫《いぬ》き、平和な未来を壊した。

その結果、もう十年戦の世は続き、多くの命が失われた。

申忠は時々思うのだ。自分は、留魁は、平和というものに、殺されてやるべきだったのではないだろうかと。


申忠は解熱薬の生薬である牛黄《ごおう》、甘草《かんぞう》を手に取って、机に戻った。

「君は後宮に来て長いのかね？」

林花の正面に座り、薬研《やげん》で生薬を砕きながら、申忠は暗殺の機会をうかがった。

「いいえ、去年の夏に来たばかりです」

「親の勧めかね？」

「親はいません。幼い時に亡くなりました」

「それは申し訳ないことを訊いたね」

申忠が謝ると、「いいえ」と言って林花は笑った。

「後宮に入ることが出来たのは幸運だと思っています。普通の人生では知りえないことを学ぶことが出来ました」

「しかし、後宮は妬みや策謀ばかりの場所だよ。学びに良い場所とは言えないね」

申忠は眉間に皺を寄せる。ここ数か月に起きた皇女陽子の暗殺や、郭才人が過去の罪を自白した事件を彼は思い出していた。

「この年になって思うのだが、人間という生き物は、お互いに妬み合い、傷つけ合うように出来ているんじゃないのかね。だとしたら、平和な国なんてものを作ろうとする者はとんだ道化だ」

「そうかもしれませんね」

林花は苦笑いして頷いた。

林花が自分から目をそらしたのを見て、申忠は刃を構えた。

手を伸ばし、首の急所に一撃。そうすれば林花は何をされたかも分からぬうちに絶命する。

申忠が体を動かしかけた時、バタンと診療所の扉が開かれた。

「先生、急患だ！」

陽春宮で会った倉庫番の女官が駆け込んできた。

慌てて申忠は刃を隠した。

担架を担いだ宦官があわただしく診療所に患者を運び入れる。

「助けておくれ、宦官が倒れて朱李が荷崩れに巻き込まれたんだ」

申忠は息を呑む。陽春宮で荷運びの宦官を始末したせいで、罪もない女官を巻き込んでしまった。

朱李の額には痣《あざ》が出来ていて、脇腹に大きな木片が突き刺さっている。

「すぐに他の医者を呼んできてくれ！」

傷を診ようと触ると朱李が呻き、痛みに暴れた。

「動くんじゃない、死にたいのか！」

出血はそれほどひどくはない。うまく木片を引き抜ければ、助かる可能性はある。だが、暴れて太い血管を傷つけてしまったら終わりだ。

応援の医者が来るのを待つべきか、申忠は迷った。

痛みに耐えかねて、朱李が悲鳴を上げる。

ひどくなる出血を見て、倉庫番の女官は血の気を失って座り込んだ。手伝いを頼むのは無理だろう。

「押さえます。処置してください」

迷う様子もなく林花は診察台の前にやって来て朱李を押さえた。血だまりに触れ、彼女の服はあっという間に血に染まった。

「しかし……」

申忠は林花を見た。暗殺命令が出ている間諜を信用して良いのか迷った。

「一刻を争うのですよね」

力強い目で見られて、申忠は気圧される。

自分が暗殺者だと気付いていたら、林花はこの騒ぎに乗じて逃げているはずだ。彼女の行動は善意以外の何物でもない。そう考え、申忠は林花を信じることにした。

「分かった」

申忠は急いで朱李の服を切って脇腹の傷口を診る。両手を酒で消毒してから、慎重に木片に手をかけた。

「ウウ……」

痛みに悶《もだ》えようとする朱李を、林花は強引に押さえた。血が飛び散り林花の顔にかかったが、少し顔をしかめただけで慌てる様子はない。

申忠は朱李への対応を林花に任せ、傷の処置に集中した。

木片をつかむと、獣のような悲鳴が上がった。

林花は朱李が動かないように関節を固めた。痛みから逃れようと暴れる朱李の力は尋常ではなく、林花の額に玉の汗が浮かぶ。

申忠が慎重に木片を抜き取ると、傷口にたまっていた血が流れ出す。それを拭い、破片の残りがないことを確認すると、申忠はそのまま酒で傷を消毒する。

消毒の痛みでまた大きな悲鳴が上がった。数秒後、くたりと力が抜け、朱李から抵抗がなくなった。

「――気を失いました」

「当然だな」

瞳孔を見て気絶を確認すると、申忠は丁寧に絹糸で傷を縫い合わせた。目覚める前に終わらせようと、出来る限り早く手を動かす。

傷口を塞ぎ切り、申忠は汗を拭いた。何とか太い血管を傷つけることなく治療を終えられたようだ。

「――助かったよ」

申忠は肩の力を抜いて礼を言った。

「みごとな処置でした」

林花は息をついて朱李の顔を見下ろす。

「次は君だね」

止血用のさらしを出して、林花の右手を取った。朱李に噛まれたらしく、手には血が滲んでいた。

申忠が消毒をすると、林花は「すみません」と頭を下げた。

――今なら簡単に始末できるな。

疲弊した林花を見て申忠は思った。

しかし、一方で殺したくないという気持ちもあった。

損得なしで人を救おうとした林花の人格に敬意を感じている。

疑わしいというだけで殺して良いのかと、心から迷っていた。

「申忠様は、私を殺したいですか？」

服の中で刃を迷わせていた申忠は林花にそう問われ、心臓を摑まれたような気がした。危うく刃を落としそうになる。

顔を上げると、鋭い目が申忠を捉えていた。

「先ほど話していたことです。人は傷つけ合うように出来ているということでしたよね」

「あ、ああ」

取り繕うように申忠は何度も頷いた。

「少し前に、女官長であられた高玉様とお話をさせていただいたのです。高玉様はこんなことをおっしゃっておられました。『私はいつまでも死んだ者を心のより所にすべきではないと思っています。なぜなら、死者はもう何も出来ないのですから。誰かが怪我をしていても助けられませんし、労働をして明日の糧を作ることもしない。この世界を良くするあらゆる行為を死者は行わないのです。そんな存在は現世から消えるべきです』と」

「ほう、変わった考え方だね」

「ええ、ですが私は高玉様の話を聞いて一つ思いました。『なるほど。生きるということは、この世界を良くするために努力することなのだな』と」

「良くする？」

申忠は瞬きして林花を見た。

「苦しい労働をして、厳しい世界に耐え抜いて、その先に何があるのか――多分それは、今よりほんの少しましな世界です」

申忠は先ほど聞いた高玉の言葉を頭の中で繰り返した。

「なるほど。死者はこの世界を良くする行為を行わない。逆に考えるなら全ての生者が目指しているものは、この世界を良くすることか。君の考えも相当独特だな」

「間違ってはいないのではないでしょうか。自分の住む家を快適にしようと思わない者はいません。同じように自分のいる世界を良くしようと思わない者はいないはずです。でも、間違って諍いになることもあります。失敗して世の中が悪くなることもあります。でも、生者がみな自分の意志で行おうとしていることは、もう少しましな世界を作ることではないのでしょうか」

申忠は、胸の奥に小さなさざ波が立つのを感じた。

「人は、恨み、傷つけ合うように出来ている生き物かもしれません。でも、私の意志が目指すのは、世界をもう少しましに変えることです。種をまき、麦を育てる。子供を育て、未来に託す。厨房に立ち、美味しい料理を作る。政を行い、民の安寧を祈る。鉄を打ち、新しい道具を作る。魚を捕り、人々の腹を満たす。品物を商い、富を循環させる。命を救い、人を生かす。見ている方向は皆同じなはずです。だからお訊きしたのです。『私を殺したいですか』と」

林花は緊張を解き、はにかむように笑った。

「やはり口に出すと恥ずかしいですね。でも、申忠様のようなお医者様にまで見放されてしまったら、人間という生き物は終わりではありませんか」

申忠は気を失ったまま寝息を立てている朱李に目をやった。

胸の中に、人の命を救うことが出来た熱が灯っていた。

林花という女官は、厭世的《えんせいてき》なことを言う自分を元気づけようとこんな話をしたのかと思い当たり、申忠は苦笑いした。間諜と暗殺者という後ろ暗い二人であるのに、おかしな話をしている。

疲れたように目をつむり、申忠は息を吐いた。

林花のさらしを巻き終えて、小刀を机に置いた。

「――疲れてしまったな。今日はもう休もう」

申忠は解熱剤を差し出して、やんわりと笑う。

「ありがとうございました」

林花は深く頭を下げ診療所から出て行った。

戸口まで出て見送ると、疲労で足元がふらついた。もう若くはないのだと感じた。

「殺したいのか、それとも命を救いたいのか――」

呟いて、申忠は自分の心を探った。

体は今の疲労を心地よいと感じていた。

「もう暗殺は出来ないと留魁様にお伝えしよう。長年働いてきたのだ。命が終わるまで医者として生きることくらい将軍も許してくださるだろう」

見上げると、暗くなり始めた空に半分の月が昇っていた。

◆◆◆

「いらっしゃいませ」

気が付くと、申忠は朧月宮の中庭に立っていた。

夕方来た時には感じられなかった油の匂いが漂い、宮殿の奥からは、多くの人の気配を感じた。

時間は真夜中だ。辺りに灯火がないにもかかわらず周囲のものがはっきりと見えた。まるで狐にでも化かされている気分だ。

しとしとと雨が降っていて、凍えるほど寒い。

目の前に夕方に会った臘月宮の女官が傘を差して立っていた。

女官は雨に濡れている申忠を気遣うように手巾を差し出す。

「私は留魁様のお屋敷にいたはずだが……」

困った顔で申忠は周囲を見回した。夕方に後宮の門番に外出を願い出て、留魁の屋敷を訪ねたはずだ。

「あなたはお亡くなりになったのです」

林花は静かに言った。

申忠は、その言葉を反芻するようにしばらく黙り込んだ。

だんだん記憶が蘇ってくる。

屋敷の奥に通されて将軍の顔を見た時、なんとなく予感があった。

――殺される、と。

「そうか――死んだのか」

申忠は重い息を吐いた。

留魁に見逃してもらえると思っていた自分の愚かさを嚙み締めた。

昔の戦友であろうと、彼にとってはただの手駒だったのだ。

「どうぞこちらへ、お席にご案内します。詳しい説明は後ほどいたしますので」

林花は臘月宮の扉を開け、中に誘った。

臘月宮の中は人で溢れ、まるで祭りの日のようにざわめいていた。

広間は昼間のように煌々と明かりが灯り、卓には見たこともない豪華な料理が並んでいる。

「ここはどんな場所なんだね」

閑散とした昼間の宮殿からは想像も出来ない光景に、申忠は啞然《あぜん》とした。

「帝都睡雀は特殊な土地でして、魂が冥界に行くには臘月宮の中にある門を通る必要があります。魂を冥界に馴染《なじ》ませるため、死者はこの宮殿で食事をしてから門を通ります」

「最後の食事というわけか」

「はい、臘月宮はお客様のいかなる注文もお受けいたします。いかなる食材でも、いかなる調理法でも構いません。お申し付けください」

林花は前を歩き、申忠を奥まった席に案内した。

「なるほど。お品書きがあるわけではないんだね」

「はい、品書きはございません。特に食べたい料理がないというお客様にはこちらからご提案させていただく場合がございます」

「何でもとなるとおかしな注文をする者も多いだろう」

「そうですね。何でも食べてやろうと『満漢全席』を頼む方がいらっしゃいますが、たいてい後悔するようです」

「量が多いからかね？」

「はい。しかしそれだけではありません。海八珍、禽八珍《きんはっちん》、草八珍と来て、山八珍が出ると悲鳴を上げる方がいらっしゃいますので」

「なぜだね？」

「少々奇抜な食材でして……狒々《ひひ》の脳みそやラクダのこぶなどです」

山八珍は食道楽を尽くして初めて食べることが出来る類のものだ。熊の手、ラクダのこぶ、鹿のアキレス腱、象の鼻、豹の胎盤、狒々の脳みその辺りで皿を下げることになる場合が多い。他にもアザラシやオオサンショウウオ、四不象《しふぞう》、サイの睾丸《こうがん》なども料理することになる。今は食材が無駄にならないように、満漢全席を頼む客には事前に内容を細かく知らせることになっている。

「ふむ……」

申忠は難しい顔で考え込んだ。生真面目な性格の彼は、必死で自分が食べたい料理を捻り出そうと記憶をたどった。

「その、曖昧な注文でもいいのかな」

しばらく考えてから、中忠は訊いた。

「はい、口頭で詳細を伝えていただければ、近いものをお作り出来るかと思います」

「昔食べた肉饅頭《にくまんじゅう》なんだ。戦場で食べたんだが、それはもう、驚くほど美味くてね。どうにかしてもう一度食べたいんだ」

「どのようなものかお訊きしてよろしいでしょうか。召し上がった時期や地名なども聞かせていただけると助かります」

林花は木簡を出して、覚え書きの用意をする。

「二十年前――青凪平野だ。深河《しんこう》を背に敵は陣を張っていた。留将軍は現地の者に案内させて河を渡り、夜襲を仕掛けようとしていた。しかし、雨が降って作戦の前に河が増水し、渡れなくなってしまった。青凪に住む民はそれを神の怒りだと恐れ、生贄《いけにえ》を要求した」

「神が河を氾濫させたと？」

「ああ、深河は大陸で最も大きな河だ。毎年氾濫で人が死ぬ。しかし、大水は肥沃な土も運んでくるから恵みでもある。河の水の増減は近くに住む民にとって、神の意志そのものなんだ」

「河は神、氾濫は神の怒りということですね」

地名を書きながら林花は言った。

「村の神官は兵から生贄を出すように求め、従わねば協力は出来ないと言う。深河の民の協力なしに河は渡れない。困った将軍は、自分たちの方法で生贄を出させてほしいと神官に頼んだ。我々の民は、羊の肉を小麦の皮で包んだものを人の首の代用として河の神に捧げるのだと、それでだめなら兵から生贄を出そうとね」

「それは饅頭の起源そのものですね」

林花は興味深そうに頷く。

「そうなのかい？」

「ええ、ある軍師が氾濫する河の神に生贄の首の代用品として饅頭を捧げたのが始まりと聞きます。だから料理の名前に『頭』の文字が付くのです」

「なるほど……それで、将軍は饅頭を作るように部下に指示し、用意を始めた。作るのに一昼夜かかってね。儀式が始まる頃には氾濫は収まっていたよ。いらなくなった饅頭は我々の腹の中に納まったということさ」

「なるほど――味はどうでした？」

「大きさは拳より少し大きく、中身は羊肉と言っていたが、味が濃厚でね。塩味も効いていた。まるで湯《タン》を食べているかと思うほど大量の肉汁が出て、肉汁を滴らせてみんなで食べたんだ」

「……留将軍もそれを食しておられましたか？」

「ああ、皿に置いて上品に召し上がっていたよ。あの方はいつも兵たちと一緒に食事を摂《と》られるんだ」

　そこまで話して、申忠は顔を曇らせる。

「でも、あの時は少し失望したな。生贄を出せと言われた時、留魁様なら即座に断ってくださると思ったんだ。結果として生贄は出さなくて済んだが、河の氾濫が収まらなかったら、兵から生贄を出すおつもりだったのだろうか」

　相槌《あいづち》を打ちながら話を聞いていた林花は、聞き終わって笑みを作った。

「その答えなら、私がご用意できると思います」

「どういうことだい？」

　林花の言葉に申忠は狐につままれたような顔をする。

「食べていただければ分かります。お時間をいただいてよろしいですか？」

「ああ時間がかかるのは知っているよ。よろしく頼む」

　申忠は頷いた。

「では、ご用意いたしますので、お待ちください」

　頭を下げ、林花は厨房に下がって行った。

◆◆◆

「お待たせいたしました」

数刻後、林花は深い皿に饅頭を五つほど盛って戻ってきた。

申忠は観察するように卓に置かれた饅頭を見つめる。騎馬民族が作る羊の饅頭に似ている。皮が薄く、内側は肉汁で溢れていた。

「ああ、こういう饅頭だったよ。大きさもぴったりだ」

湯気が立ち、濃厚な肉の香りが鼻をくすぐった。

「食べていいのかね？」

「どうぞお召し上がりください」

勧められるままに、申忠は饅頭にかぶりついた。勢いよく汁が飛び出して、顔にかかった。

「熱い！」

申忠は声を上げて顔を背けた。

口の中にも肉汁が溢れ、熱さに悶えながら呑み下した。口いっぱいに肉のうまみを感じながら、冷ますように息を吐いた。

冷たい雨の中で立っていた寒さを吹き飛ばすような熱だった。

記憶が蘇ってくる。何十年も会っていない当時の仲間たちの顔や、陽気に笑う若い留魁将軍の顔、着ていた鎧《よろい》の重さや、深河の水の臭いまでもが鮮明に思い出された。

雨がまだ乾かない寒い河の土手で、ふうふうと息を吹きながら熱い饅頭に皆で齧《かじ》った。

「ああ、これだ、確かにこれだよ！」

興奮した様子で申忠は言った。

「しかし、私も記憶を頼りに作ったことがあったが、こんなに美味くは作れなかった。どうやったんだね？」

驚いた様子の申忠を見て、林花は微笑んだ。

「そうですね。鶏の足と貝柱、葱と酒、牛の髄をゆっくり煮て湯を作り、それを井戸水で冷やして煮凝《にこご》りにします。煮凝りを刻んだ葱、生姜、羊肉と一緒に餡にし、小麦粉で作った皮でしっかり餡を包みます。蒸籠に入れて蒸し上げれば出来上がりです」

「それはつまり――」

「〈小籠包《シヤオロンポウ》〉です」

林花の言葉に、申忠は唖然とする。

こんなに手間のかかるものだったとは夢にも思わなかった。

「留魁様はなんでこんな手の込んだものを作ったんだ？　こんな大きいもの、包むのだって大変だったろうに」

「初めから食べるおつもりだったんです。最初に饅頭を作った軍師も同じでしょう。河の氾濫のために、大事な兵士を生贄に出す気なんて毛頭なかったんです。時間をかけて饅頭を作って、河の流れが落ち着くのを待っていたのでしょう。多分、饅頭を作る者には、なるべくゆっくり作るようにと命令していたはずです」

「本当かね」

「ええ、第一食べる予定のないものなら、ちゃんと塩を入れるはずがありません。戦場では塩は大事な兵站《へいたん》です。それなのにただの頭の代用に塩味を利かせるのは変でしょう」

中忠は記憶の中の留魁将軍を思い出し、苦い顔をする。確かにあの顔はいたずらがうまく行った悪ガキの顔だ。

「ああ、留魁様はそういうお方だったよ……兵たちに無理はさせるが、無駄死にには決してさせなかった。信頼するに足るお方だ。あの留魁様は、もういないのだな……」

中忠は寂しそうに大きな小籠包を見つめた。

毒を盛られた時、留魁は理想を失った。罠《わな》にはめられる側ではなく、罠にはめる側の人間になると彼は決めた。誰も信じず、誰にも心を許さないと決めた。

敵意のある者を滅ぼし、自分の居場所を守るために、永遠に戦が続くことを望んだ。

己のために世界を壊すことに決めた。

「君は間諜なのかね？」

食事を終え、申忠は尋ねた。

「……知っていらっしゃったのですね」

「私は暗殺者でね。——君は気が付いていたのだろう？　君を始末するように言われていた」

「私が気付いていたかに意味はありません。申忠様が本気で殺そうと思っていらしたのなら、私は今頃死んでいるはずですから」

「だが、出来なかった。きっと、君が留魁様と似ているからだろうね」

「私——留魁様に似ているでしょうか？」

林花は留魁の顔を思い浮かべて瞬きした。

「いや、心の話だよ。それもずっと昔の話だ。変わってしまわれる前の留魁様は本当にこの国を良くするために生きていらっしゃった」

申忠は懐かしむように言った。

「勝手な頼みだとは思うのだが、留魁様を止めてくれないか。あの方はまた戦を始めるおつもりだ」

「止める……留魁様は申忠様の主なのでしょう?」

「主だからさ。これ以上道を間違えてほしくない。今の帝を排除し、西の大陸に戦を広めるおつもりだ。放っておけば、また戦の世がやって来る」

申忠は沈痛な面持ちで訴える。

「申し訳ありません。臘月宮の女官は食事以外の死霊の願いを叶えることを禁じられています――」

返答しながら、林花は似たようなことを皇女陽子からも頼まれたことを思い出した。

『――もし、出来たらでいいのですが、弟が困っていたら力を貸してあげてくれませんか?』

林花は目を瞑《つぶ》る。

「――ですが、最善は尽くします」

「ああ、君なら出来ると信じるよ。若き日の留魁様のような心を持つ君ならね」

申忠は立ち上がると、改めて「ごちそうさま」と頭を下げた。

彼はそのまま、冥界の門に向かった。

「地獄へ行くのだろうな」

呟くように、ポツリと言った。

◆◆◆

「あの……診療所の方ですか？」

声を掛けられ、水を撒《ま》いていた林花は顔を上げる。

人の気配に、土に寝そべっていた猛虎も木陰から顔を出した。

その日、林花は朝から卯花宮にある診療所の畑の世話をしていた。

猛虎は農具を持って臘月宮を出た林花を見て、怪しい行動をしていると思ったらしく、すかさず付いてきて、ずっと彼女を監視していた。こういう時の彼は使命感に燃えているため、怪しくないと諭しても言うことを聞いてくれない。あきらめて監視されるままに放置していた。

林花は女性に見覚えがあった。申忠の治療で命を取り留めた朱李という宮女だ。

「いいえ、私は主から畑の管理を申し付かっただけです。申忠先生がしばらくお留守にしているようなので、代わりに手入れをするようにと」

林花は首を振った。

「先生がどこにおられるのか、知りませんか？」

真面目な顔で朱李は歩み寄る。

「いいえ、聞いていません」

「その……私、年季が明けて田舎に戻るんです。最後にお礼をと思って……」

「私はしばらくこの畑の手入れに通いますので、何かあればお伝えしますよ」

林花は努めて無表情で答えた。

「あ、あの。朱李という宮女が礼を言っていたと、伝えてもらえませんか？　命を救っていただいたこと、一生忘れません——と」

「分かりました。お伝えします」

朱李は頭を下げると、来た道を戻って行った。

田舎に帰れば、彼女はもう二度と後宮に足を踏み入れることはないだろう。

「——知らなくていいんですよ。暗殺者も、お医者様も、どちらも申忠様だったのですから」

誰に言うでもなく、林花は呟いた。

殺気を向けられるまで林花が申忠の正体を見破れなかったのは、彼の医者としての行動に嘘がなかったからだ。申忠の人を救いたいと思う気持ちには濁りはなく、その表と裏のどちらも本当の申忠なのだ。

黙って宮女の背中を見送っていると、脇腹にドスンと柔らかいものがぶつかってきた。

振り返ると、猛虎が頭を押し付けていた。

それから林花の目をじっと見て、「撫でてもいいのだぞ」という顔をする。変な気遣いをする犬である。

一人と一匹は黙って見つめ合った。

「……どうもありがとう」

日陰に座り込み、林花はしばらく猛虎の頭を撫でていた。

◆◆◆

朧月宮の中庭に立ち、墨蘭は空を見上げていた。

「――そろそろだな」

のろしのような細い煙が上がったかと思うと、それはあっという間に雲のような黒煙に変わった。

赤い炎が見え、蝗《いなご》のように大きな火の粉が空を覆った。

「皇城が燃えています！」

宦官たちが大声で宮殿に知らせた。

強い風が、都に火の粉を降らせていた。

陸　帝の爆肚児

皇城が燃えていた。

正面の行政府から燃え上がった炎はまたたく間に広がり、城全体に延焼した。

真夜中にも拘《かか》わらず、都は炎に照らされて明るかった。風が渦巻き、炎は市街地まで広がる。

城からも、都からも悲鳴が上がり、逃げ遅れた人々が炎に吞まれる。人も家畜も分け隔てなく炎は焼いた。

民も兵も助けを求める悲鳴から耳を塞ぎ、なすすべなく逃げるしかなかった。

「今日は雨が降らなかったか……」

〈雨将軍〉留魁は、物見台からその光景を眺める。

天気は留魁に味方していた。

「今度こそ、あの男を始末しなければならぬ」

瞳に炎を映し、将軍は呟いた。

◆◆◆

十年前、皇帝黄淵を殺した留魁は黄辛と陽子を処刑しようとしていた。

黄淵を亡き者にした留魁は、首都睡雀を我が物にするべく都に舞い戻った。だが先帝の威光は強く、従う者は少なかった。

黄淵は〈武神〉と呼ばれた皇帝だった。

武官出身の皇帝で、槍を取っては並ぶ者はなく、知略にも優れていた。

戦では東の騎馬民族を滅ぼし、西の王国の船団を沈めた。

武をもって北燕国の周囲にあった五つの国を併合し、中原をほぼ平定した英雄だ。

また、国内では山賊、海賊の討伐に力を注ぎ、民を脅かす者どもを根絶やしにした。

敵には悪鬼のごとく冷酷な男だったが、民にとっては信頼できる君主だった。

その英雄の血を引く子供たちの人気は根強く、民衆の多くは彼らが帝位につくことを望んでいた。

戦を続けたい留魁にとって、傀儡《かいらい》にならぬ賢い二人の子供は邪魔な存在だった。

彼らを刑場に送るのに理由は必要なかった。跡目争いで、彼らを追い落とそうとする者は数多いた。そそのかせば、そいつらはいくらでも罪を作ってくれた。

留魁は黄仁《こうじん》という先帝の弟と共謀して二人を捕縛させ、処刑台に送った。

〈武神〉の息子、黄辛に民が寄せる期待は大きく、娘、陽子は若くして政治に関わって善政を敷き、飢饉や洪水対策に力を尽くしていた。民の人気は高い。

民衆は刑場に集まり、口々に不当な処刑に異論を唱えたが、力で黙らせる自信はあった。それに処刑の恐怖から命乞いをする情けない黄辛の姿を見れば、民たちも彼を見放すはずだった。

だが、刑台に立たされても黄辛は怯える様子もなく、黙って刑場を観察していた。

斬首台の前に引き出され、黄辛は自分を投獄した叔父に言った。

「お前が私の首を斬れ」

「っ……何を言っている⁉」

黄仁は驚いて訊き返した。

「おかしなことは言っていない。お前が私を殺したいのだ。お前が斬るのが筋であろう」

黄仁はしばらく言葉を失っていたが、やがて取り繕うように咳払《せきばら》いをして、処刑人に合図を送った。

黄辛は首切り台に乗せられ、処刑人は巨大な斬首刀を振るった。

次の瞬間、根元から斬首刀が折れた。次いで地面に落ちた刃が砕ける。

斬ろうとしただけで刃が砕ける現象を見て、民衆は驚愕してざわめく。武神と呼ばれた黄淵の息子に、人々は畏怖を感じた。

処刑の失敗は神の采配だと人々は騒ぎだす。

刑の失敗に勇気を得て、投石をする者や柵を壊そうと揺らす者まで現れた。

罵声は龍の鳴き声のように大きくなり、処刑人たちを圧した。

「馬鹿な、太刀に細工がされていたのだ！」

民に向かい、留魁は怒鳴った。

「誰がしたと言うのだ？」

黄辛は問うたが、留魁に答えられるはずはない。処刑人かもしれないし道具を管理している役人かもしれない。鍛冶屋や看守の可能性もある。そこまで考えて、黄辛を支持する者が予想以上に多いことに気が付く。

だが、牢に繋《つな》がれていた黄辛にも処刑の妨害工作が行われていることを知る機会などなかった。

それでも支持者の助けがあると信じて黄辛は豪胆な態度を取り、はったりで民衆を味方につけた。その精神の強さは、まぎれもなく帝の器だった。

「それに、私はお前に自分で首を斬れと言ったはずだ。やらないからこうなる」

黄辛はあたかも失敗したのは黄仁の方だというようにふるまう。

民衆は刑場の柵を乗り越え、護衛の兵を押し返そうと迫ってくる。黄仁は悲鳴のような声で処刑の中止を命令した。

器が違う。黄仁が民に怯えて逃げる姿は国中に伝わるだろう。もう、この男を皇帝に立てるのは無理だった。

──こんな子供ひとりも殺せないのか。

留魁は歯噛みした。

黄辛を推す声は国中から沸き上がり、黄辛は他の皇族をねじ伏せて帝位についた。

それからずっと留魁は黄辛を殺すことが出来ず、黄辛は留魁を処刑できないでいた。

◆◆◆

昼に出火した火事は強い風に煽《あお》られ、翌日の夜まで燃え続けた。

火の粉は都中に降り注ぎ、二十里ある都の五分の一が焼失した。役所の集まる皇城の西側はすっかり焼け落ちていた。

家を失った者たちは城に助けを求め、彼らを鎮めるために兵が狩りだされた。

多くの者が亡くなり、都は騒然としている。

朧月宮の宮女たちも不安そうに身を寄せ合っていた。

外の様子を探りに行った林花は、しばらくして大きな箱を抱えて戻ってきた。箱を脇門にそっと置き、墨蘭に駆け寄る。

「都の外に駐留していた留魁将軍の兵が市街地に入り、混乱を鎮めているようです。帝は火事に巻き込まれて、今は行方が知れません。実質皇城を占拠しているのは留魁将軍でしょう。仕組んで火事を起こしたのなら、大した策士です」

林花は耳打ちした。

中庭からは、まだ燃え残りの煙が見えた。焦げ臭い空気が都を覆っている。留魁の兵たちは皇城だけでなく、男子禁制の後宮にさえ入り込んで睨みを利かせていた。

「また戦になるのでしょうか？」

林花のそばに寄ってきた白麗が心配そうに訊いた。

国境の警備に回っていた将軍たちがこの事態を受けて都に向かっているという。このまま帝の行方が分からずに留魁と将軍たちの折り合いがつかなければ都が戦場になることだろう。

「そうなってもたいして変わりませんよ。今までも、戦はたくさんありました。今回も耐えられます」

国の偉い人たちが何をしても、どうせ自分たちには関係がない。そんなあきらめを含んで李月は言った。

そんな話をしていると、にわかに宮殿の外が騒がしくなった。

「何ですかあなたたち！」

門の外を覗いた宮女が声を上げた。

「うるさい、今は非常事態だ。黙って従え！」

宮女が突き飛ばされて倒れた。

脇門を開けて鎧で武装した男たちが入ってくる。

宦官ではない。留魁の兵隊たちだ。

「本日はいかなるご用向きでしょう？」

林花は素早く動き、彼らの行く手を塞いだ。

兵たちは両手に麻の袋を担ぎ、その中に金品を詰め込んでいた。後宮の宮殿から勝手に略奪してきたものだろう。

戦場ではよく見られる光景だ。戦場での略奪は報酬の一環として許されることが多い。兵の中にはそれを当然の権利と思う者もいる。

だがここは戦場ではない。

「あなたたちは、いったいどなたの許しを得てこのようなことをしているのですか」

「城内をくまなく検閲しろと留魁様のお達しだ。特に朧月宮は本殿を詳しく調べろと命令を受けた」

兵たちは悪びれる様子もなく言った。

「その血に濡れた鎧の説明もしていただけますか」

兵たちの手は血で汚れている。腰に差した剣からも血が滴っていた。

「有事だ。騒ぐ者は力で静かにさせて良いと言われている」

林花は身の内に怒りが湧き上がるのを感じた。

「皇城はあなた方のような者が入ってよい場所ではない」

睨みつけると、正面の男が剣に手をかける。警告もなく男は斬りかかってきた。

林花は一歩前に出て、男の剣が届かない懐に入ると襟をつかみ、足を払って投げた。

鎧ごと投げられた男は、鎧の重みでつぶれた蛙《かえる》のような声を上げて気を失った。

兵たちは一斉に剣を抜いた。その時――


〈冥帝、幽帝の名において、乱心を縛せ〉

柏手が打たれ、兵たちの動きが止まる。

「馬鹿を相手にするな」

宮女たちを下がらせ、墨蘭が前に出る。

「ふむ、抵抗する宦官を斬ったか——楽しんで人を殺しているね。地獄行きだ」

墨蘭は動けなくなった兵に顔を近づけると、瞼を指で大きく開かせ瞳を覗いた。

心の奥を覗かれた兵は恐怖で白目を剝いた。

「後ろを向け、まっすぐ歩き、壁を見たら右に曲がれ。ずっと歩き続けろ」

兵たちの瞳から光が消え、列を成して歩き出した。

行進をするように整然とした靴音を立て、兵たちは立ち去った。

宮女たちは呆気にとられてその様子を見つめていた。

「私らは自分の仕事をするだけさ」

墨蘭が柏手を打つと、門が開き十名ほどの死霊が現れた。

気を取り直した女官たちは本殿の扉を開き、急いで彼らを案内する。

火事で死んだ人間の数を考えると、朧月宮はしばらく忙しくなるだろう。

「では、仕事に戻ります」

林花はこの場を離れようとしたが、墨蘭に呼び止められた。

「お前にはやってもらうことがある」

墨蘭は煙管で大門を指し示した。

見ると、猛虎が若い男を先導して脇門から入ってくるところだった。

「帝⁉」

その青い上着の男を見て、林花は目を見開いた。

「そんな、帝は亡くなっておられたのですか⁉」

「いいや。まだ生きているよ。目を凝らして見な」

改めて見つめると、黄辛の首筋から細い蜘蛛《くも》の糸のようなものが出ているのが見えた。それは臘月宮の外まで延びている。

「……糸？」

「あの糸は帝の肉体に繋がっているのさ。心身が弱り、魂が抜けているんだ。今魂を戻せば確実に死ぬだろう。それを知って猛虎は臘月宮に連れてきたんだ」

墨蘭は遠くを見るように目を細めた。それから林花に耳打ちする。

「〈魂迷《たままよ》い〉として扱え。お前に任せる」

〈魂迷い〉とは、眠っているうちに霊魂が抜けてしまった人間のことだ。肉体は生きているが、死霊に近い状態にあるため、臘月宮に引き寄せられることがまれにある。

そういった者を元の肉体に戻すのも墨蘭の仕事だ。

「私に帝のお命を救えとおっしゃるのですか？　そのようなこと、私には出来ません」

林花は驚いて首を振った。

「無理ならあの小僧が死ぬだけだよ」

「しかし……」

「私はお前に戦を何とかしろとか、留魁を始末しろなどと命じているんじゃない。お前は臘月宮の女官としての仕事をすればいい。迷って、魂が傷ついているあいつを滞りなく元の体に戻せ。出来るな」

「……」

林花が小さく頷くと墨蘭は本殿に足を向けた。

火事などの事故で死んだ者にはこの世に強く執着する者が多く、中には幽鬼となる者もいる。彼らの相手は墨蘭にしか出来ない。

「お気をつけて」

本殿に戻る墨蘭の背中を林花は見送る。それから大門に向き直り、猛虎を迎えた。

——もし、出来たらでいいのですが、弟が困っていたら力を貸してあげてくれませんか？

皇女陽子とした約束が頭をよぎった。

猛虎の後ろには、帝を囲むように十人ほどの官吏の霊が付いてきていた。大臣、軍師、学者、名だたる文官たち。どれも林花が知っている顔だ。みなこの国の政務を担う重鎮だった。

林花を見ると、彼らは帝を守るように前に出た。

「ようこそおいでくださいました、陛下。ここは臘月宮、死者を迎える宮殿でございます」

「臘月宮……」

黄辛は朦朧《もうろう》とした顔をして周囲を見回し、初めて気が付いたように林花を見た。

「私は死んだのか？」

「いいえ」

林花は首を振る。

「火事の煙をお吸いになられ、危ない状態でございます。命を懸けて陛下を救った者がいなければ、とうに亡くなっておられました」

「そうか……」

黄辛は複雑な顔をした。生きてはいるが、危篤では胸を撫でおろすとはいかないだろう。

「ですが、お連れの方は違います」

林花に言われ、黄辛の顔色が変わる。

予想していたのか、周りにいる高官たちは頷いた。

「高官の皆さまは亡くなっておられます。どうぞ、宮殿の中に」

促され、一人ずつ皇帝に頭を下げて宮殿に向かった。

「待て、みんな死んだというのか？」

黄辛は忠臣たちの背中に声をかけた。

「残念ながら」

林花は答えた。

炎に巻かれた者、帝を救おうとして命を落とした者、留魁に抗って斬り殺された者。たくさんの忠臣が亡くなっていた。

「馬鹿な……」

一人残された黄辛は言葉もなく怒りに身を震わせた。

忠臣を失った悲しみと、憤りがこみあげてくる。

腰の剣を抜き、怒りに任せて振るった。

庭にある枝や水瓶を斬り払い、両断する。行き場のない感情を物を壊すことでしか吐き出すことが出来ない自分が情けなかった。

ただがむしゃらに暴れ続け、荒い息をつく。

「留魁がおかしな動きをしていたのは分かっていた。それなのに、なぜこんなことに！家族を殺され、城を焼かれ、都の民さえ殺された!!」

こんな結果を招いた自分が許せないというように、帝は剣を振るう。

林花にはその姿が泣いているように見えた。

血走った目で林花を睨み、喉元に剣を突き付ける。

「私を元に戻せ、あいつを、留魁の首を斬り落としてくれる!!」

「出来ません」

剣先を見つめながら林花は言った。

「皇帝の命令だ」

声を低くして黄辛は脅す。

二人の緊迫した様子に、猛虎は戸惑っているように周りをうろついた。

「出来ません」

「貴様を殺して出て行ってもいいのだぞ」

「お戻りになられてどうなさるのです。弱った体に弱った魂を戻せば死ぬと、墨蘭様はおっしゃっておりました」

「それであの男を殺せるのならば構わぬ」

林花は見上げるようにして黄辛を睨んだ。

「今無理をしてあなたが死ねば、あなたに人生を捧げた臣下の人生も、あなたを救った者の命も意味のないものになります。お気持ちはお察しします。ですが、今行動されてもいい結果にはなりません！」

林花の迫力に、黄辛は言葉に詰まる。

「復讐をしたいとおっしゃるのなら、構いません。ですが、復讐を果たした後、あなたの手からは故人が残した美しいものは全て零れ落ちています。それでもなさるのですか？」

黄辛の顔色がサッと変わった。驚愕を隠さずに、まじまじと林花を見つめる。

今目の前の女官から出た言葉は——かつて自分がある人物に語った言葉だったからだ。

——なぜこの女が？

留学先の国で家族を殺された娘が別荘に逃げ込んできた。白洪国の王を殺すと恨みごとを叫んでいた娘に、黄辛はそう語っていさめたのだ。

娘は王を殺すなどと無謀なことを言っていて、止めなければならないと思い、とっさに出た言葉だ。

昔の自分から平手打ちを受けたような衝撃だった。まだ少年だった自分の言葉が今になって返ってきたことが、彼の頭を急激に冷やしていく。

黄辛は剣を下ろし、沈痛そうにうなだれた。

「……被害の確認をしたい。高い場所には行けないか？」

黄辛は訊いた。

「こちらへ」

林花は先に立って本殿にいざなった。

本殿の二階から梯子《はしご》を上ると、屋根の上に出た。皇城のある土地は高台の上に石積みがされていて、朧月宮の屋根に上ると都が一望できた。

延焼は広範囲にわたり、一面が焼け野原となっていた。

まだそこかしこで燃え残りの白い煙が上がっている。

都の惨状を見て、黄辛は呻いた。

焼け出された人の列に加えて、霊体の彼には亡くなった人々の魂が道に溢れているのが見えていた。多くの死霊たちが自分が死んだことを理解できず、寄る辺もなくさ迷い歩いている。

「なんてことだ……」

帝は悲痛に顔を歪める。

「これは、俺の所為《せい》だ」

「違います。なぜなら、突発的に起こる暴力を避ける方法は存在しないからです」

林花は否定した。

「俺の所為さ、この国で起こることは、すべからく俺の責任だ。大火が起こるのも、流《は》行《や》り病《やまい》で民が死ぬのも、洪水で田畑が荒れるのも、俺の責任だ。責任を取らぬ者は帝ではない」

変わり果てた都を見下ろし、帝は言った。

「それは、一人の人間が背負えることではありません」

「ともに背負うと言ってくれた家族はもういない。一人もな」

孤独と喪失。帝の姿は薄らぎ、力を失っていくように見えた。

自分に、この魂を救うことが出来るだろうか。

思案を巡らせながら、林花は屋根から下りる梯子へ向かった。

◆◆◆

「本殿ではないのだな」

殿舎の一室に通された黄辛は林花に訊いた。

そこは女官たちが普段の食事を作るための厨房で、帝を迎えるような場所ではなかった。黄辛は居心地悪そうに目線を落とす。

ついてきた猛虎は彼の不安を感じ取ったようにそばに来て首をすり寄せた。

「本殿は死者に食事を供す場所でございます。そこで出される食事は冥界の材料で作られていて、それを食すことで、死者の魂は冥界に行く準備がととのいます。間違っても生者の魂であられる陛下にお出しするわけにはまいりません」

「ならば、中庭で構わない。時が経ち、魂が戻る機会を待てばよいのだろう?」

林花は首を振った。

「陛下の魂は弱っております。今はまだ戻せませんが、魂を癒す方法はございます。そのためにお食事をなさっていただきたいのです」

「魂を癒すために食事をせよと？」

黄辛は話について行けない様子で眉を寄せる。

「先ほどお伝えしたように、冥界の材料で作ったものを食べることをヨモツヘグイと呼ぶのですが、それの逆を行うのでございます。〈ウツシヨクグイ〉とでも言いましょうか。霊体であられる陛下に現世のものを食していただけば、魂をこの世につなぎ止めることが出来ると墨蘭様はおっしゃいました」

「だが、臘月宮は現世のことには関わらぬのが決まりであろう。なぜ俺を助ける」

「皇帝陛下であられるからお助けするのではございません。ここは死者の宮殿でございます。死ぬ運命にない魂が迷い込んだなら、それが皇帝陛下でなくとも同じ方法を使って体に帰します」

事実そうだった。稀《まれ》に訪れる〈魂迷い〉への対処も臘月宮の女官の仕事だ。

「分かった。お前の言う通りにしよう」

黄辛は厨房の椅子に座る。

「では、ご希望の品をお訊きしてよろしいでしょうか」

「それは必要なことか？」

「はい、墨蘭様のお話では陛下が満足なさる料理が最も望ましいということでした」

厨房の竈に埋めてある熾火《おきび》を掘り起こして、枝に火を移した。

「ならば、先日の宴で出た佛跳牆はどうだ」

「無理でございます」

「なぜだ」

林花の言葉に黄辛は不満そうに眉を寄せる。

「下ごしらえを含め、佛跳牆は最短でも四日かかります。お待ちになられますか？」

「ならば、熊の手は？」

「材料がありませんし、この厨房では調理できません」

「では、何なら作れるのだ？」

黄辛は困ったようにため息をついた。

「ならば、私がご提案してもよろしいでしょうか」

厨房の中を歩き回っていた猛虎が、戸棚の方に歩み寄って一声吠えた。

「猛虎はこれが食べたいようですね」

林花は棚に並んでいた竹の皮に包まれた食材を手に取った。

「それで構わない。作ってくれ」

急《せ》かすように黄辛は言った。

林花は帝と猛虎の顔を交互に見つめた。帝の命がかかった状況で、彼女も緊張していた。

林花に大丈夫だと言うように、猛虎は「ワン」と鳴いた。

「そういえば、陛下と猛虎は古くからのお顔馴染みなのでございますか？」

材料を並べながら、緊張を紛らわすように林花は訊いた。

「初めて会ったのは八年ほど前だ。山で狩りをしている時に虎に襲われた。それを追い払ったのが野犬だった猛虎だ」

「犬が虎を？」

「ああ、虎も熊も犬を嫌うそうだ」

人と暮らす犬は自分の負傷を気にすることなく戦う。だが、野生の獣は負傷したら自然界では生きていけない。群れが存続していれば命を失うまで戦っても負けではない犬と、怪我をしたら負けの虎では、虎の方が分が悪い。猛虎は人と暮らしていたが、訳あって主を失った犬のようだった。

「野犬だった猛虎が陛下を救った理由は何だったのでしょうか？」

「それは俺も知らぬ。だが、命を救われたからには礼を尽くそうと思った。皇城に入れて暮らせるようにしたが、野で生きていた猛虎に窮屈な思いをさせていないか気がかり

「のびのびと暮らしているようですよ。それに、ここならば好物にありつけるようですし」

方頭刀を手に取り、林花はまな板の前に立った。

大きな竹の皮の包みを開くと、肉とも布ともつかないものが出てきた。

「何だそれは」

「羊の胃袋でございます。こちらは肩肉になります」

「それを食べるのか？」

ひだの付いた幕のような羊の胃袋を差し出され、黄辛は難しい顔をする。

「ええ、美味しいですよ」

林花は棚から小麦粉を練って発酵させた餅を出して、胡麻をまぶして焼いた。

残った胡麻を丁寧に擂り、生姜、韮を刻み、大蒜を包丁でつぶした。

厨房は薬味の香りと胡麻の焼ける香ばしい匂いに包まれた。

その時になって、黄辛は初めて空腹を感じた。

「魂が食事をして、滋養になるのか？」

手持ち無沙汰な様子で黄辛は訊いた。

「体の滋養にはならないでしょう。しかし、食事は体のためだけに摂るものではございません」

「食事を楽しめと？　あいにく日々の食事を楽しむことはあまりない」

帝がまずいと文句を言えば責任を取らされる者もいるし、毒見を経た食事はいつも冷めていた。高価で稀少なものを日々食べているが、喜びはない。

「最近美味いと思ったのは猫耳朵と佛跳牆くらいだな」

そう言って、どちらも目の前の女官が作ったものだということに思い当たり、黄辛は居心地が悪そうに咳払いをした。

林花は気にした様子もなく、壺から酸菜という白菜の古漬けを出して刻んだ。酸菜は干した白菜を梨と一緒に塩漬けにした酸っぱい漬物だ。李月はこれがないとご飯が進まないとわざわざ自分で漬けていた。

黄辛が黙ったので林花は占拠された皇城のことに思いを巡らせた。

「皇城はどうなるのでしょう」

手を動かしながら林花が訊いた。

「留魁は王になれない。あの男は戦には強いが、人を殺めすぎる。だから、民があの男を選ばない。問題は、あの男はそんなことを気にもとめていないことだ」

「将軍は戦が出来れば構わないと思っていらっしゃる、と」

林花は竈から焼き上がったばかりの餅《ピン》を取り出して並べた。

「そういうことだ。戦さえ始まれば、民はあの男を必要とする。だから、あの男は無理にでも戦を始めたい。私を殺してでもな」

林花は羊肉の塊を包丁で薄いそぎ切りにして一枚ずつ皿に広げた。

「罰するわけにはいかないのですか？」

「証拠があればそうしている。部下に将軍を調べさせたが、証拠を持つ者を見つける前にことごとく始末されてしまった。理由もなく留魁ほどの男を投獄することは出来ない」

黄辛は重い息をついた。

彼はたくさんの問題に直面している。政治や軍事、国を治めるための財務や民を守るための治水――。

林花にはそれらの問題を解決する力はない。

だが、彼の迷いを消す手助けは出来ると思った。

林花はまな板の前に立ち、方頭刀で丁寧に胃袋の筋を取って下処理をした。

猛虎は林花の背中を面白そうに見つめている。

竈に二つの鍋で湯を沸かして、一つを焼いた石を入れた火鍋に移した。

胃袋を細く刻み、半分を竈の湯に入れた。

林花は厳しい顔で湯を見つめる。

火が通り過ぎてもいけないし、柔らかすぎてもいけない。

ギリギリの点を探る林花の姿に、黄辛も目を引き付けられた。

湯から引き上げた胃袋は深皿に盛りつけられる。艶やかな胃袋はいかにも美味そうに見える。

「どうぞ〈爆肚児《バオドゥル》〉です」と林花が差し出した相手は猛虎だった。

千切れんばかりに尻尾を振って、猛虎は胃袋にむしゃぶりついた。

「私ではないのか？」

黄辛は不満を漏らす。

「猛虎が先でございます。犬である猛虎にとって内臓は最高のご馳走なんですよ」

「知っている。以前に調べたことがある」

黄辛の言葉に林花は頷いた。薄切りにした羊肉を湯に通すと、それも猛虎の皿に入れた。

羊独特の肉の香りが匂ってきた。

猛虎の食べる勢いがあまりに凄《すご》いので、黄辛は唾を飲む。

林花は残りの胃袋を湯に入れて丁寧に火を通すと、湯切りをした。

湯気を上げる瑞々しい爆肚児を帝の前に置いた。

「毒見は？」

「魂に効く毒はありません。どうぞ」

林花に勧められると、黄辛は急いで箸を取った。

そのまま口に放り込むと、心地よい歯触りとさっぱりしたくせのない味わいが広がった。

爆肚児は鮮度の良い羊の胃袋を精妙な火加減で茹《ゆ》で、それを熱いうちに食べなければこの味にはならない。本来ならば、皇帝という地位にある限り、絶対に食べることが出来ない料理だった。

差し出された老酒を飲みながら食べると一層箸が進んだ。

「ん？」

「どうかなさいました？」

「この味、以前に食べた覚えが……」

黄辛は記憶をたどるように爆肚児を見つめる。

「そうだ、俺はこの料理を食べている。猛虎の看病をしていた時だ」

まだ少年だった頃の記憶が瞬いた。

猛虎を城に迎え入れた時だ。

虎から黄辛を守って傷を負い、猛虎は弱っていた。

怪我のせいか人を寄せ付けず、食事にも口を付けようともしない。

「何も食わねば死ぬぞ」

黄辛は毎日訪れたが、猛虎はぐったりとしたまま動かず、日に日に弱って行った。

彼は姉と一緒に書房で犬の生態を調べ、城で出される高価な肉よりも内臓や血合いを好むことを知り、それを手に入れて知り合いの徳妃に料理してもらった。

だが、猛虎は唸るばかりでやはり口にしない。

黄辛は猛虎の隣に座ると、覚悟を決めて羊の内臓を口に入れた。

「ほら、美味いぞ」

徳妃の陳思が茹でた羊の胃は確かに美味かった。

手づかみで食べて見せ、安全だと示した。

「犬か人かは問題ではない。俺は命を救ってくれたお前を尊敬している。友になりたいのだ。どうか、俺に礼を尽くさせてもらえないだろうか」

こんな気持ちが湧いたのは初めてだった。

黄辛の言うことが分かったのか、猛虎は瞬きして料理と彼を交互に見つめた。

「生きてくれ、頼む」

猛虎はのろのろと動き、警戒しながらも皿に盛られた爆肚児を食べだした。

その間に林花は卓に焼石が入った火鍋と薄切り肉、野菜を置いて、海老の魚醤《ぎょしょう》と生姜、大蒜、辣油《ラーユ》で作った胡麻ダレを用意していた。

「〈涮羊肉《シャンヤンロウ》〉です。さっと湯にくぐらせてお食べください」

黄辛は薄切り肉を火鍋に入れ、辛みのあるタレにつけた。

湯に通した熱と辛みで汗が噴き出た。

一緒に出された漬物を醤り水で割った老酒を呷《あお》ると、さっきまでの熱さを忘れてすぐに次を食べたくなった。

「小癪な……」

黄辛は苦笑いする。爆肚児も涮羊肉も鮮度と熱が美味しさの決め手になっている料理だ。帝の黄辛には、経験出来ない味覚を、即興で用意した林花の腕を認めないわけにはいかなかった。

付け合わせの胡麻の餅を同じタレにつけて食べると、タレに移った羊の肉の脂が香った。無作法にも見える粗野な食べ方も霊体である今なら出来る。

ふと視線を感じて黄辛がそちらを見ると、猛虎が彼を観察していた。

自分が美味そうに食べるのを見て、猛虎は嬉しそうに目を細めている気がした。

「生きてくれ——そう言いたいのだな」

皇帝は猛虎の目を見つめ、そう呟いた。

皇帝の童のような顔を見て、林花は不意に顔が赤らむのを感じた。

皿を空にすると、黄辛は箸を置いた。

「──お前、俺と猛虎のことを知っていたのか」

彼は林花を見つめる。何の知識もなくこの料理を用意できるはずはない。

どこかの記録か、日記のようなものを見つけて調べたのではないだろうか。そんな疑惑が黄辛の中で湧いた。

「いいえ」

林花は微笑を浮かべた。

「食えない女だ」

黄辛は首を振って、杯に残った老酒を干した。

◆◆◆

「では、お別れでございます」

林花が厨房の扉を開けると、猛虎が先に立って外に出た。

「別れ──体に戻れと言うのか？」

黄辛は門に向かおうとしたが、林花に止められた。

「何だ？」

「その前に、もう一人、別れの言葉をかけていただきたい者がおります」

黄辛は怪訝な顔をした。

林花は門の横に置いてあった箱まで行って、何かを取り出した。

「労ってあげてください」

渡されたものはふんわりとして、冷たかった。

黄辛は目を見開いた後、黙ってそれを抱きしめた。

彼の気持ちを察したように猛虎が近づいてきて体を擦りつけた。

「そうか――」

それは猛虎の遺体だった。

命を懸けて帝を救った者がいなければ、彼はとうに亡くなっていた――帝の命を救ったのは一匹の犬だった。

燃える皇城に飛び込み、猛虎は黄辛を救い出した。しかし、火事で多くの傷を負った猛虎はその後に息を引き取った。

「……ありがとう」

帝は猛虎の亡骸《なきがら》に顔をうずめ、礼を言った。

「行きなさい。猛虎」

林花が言った瞬間、本殿の扉が大きく開かれた。

臘月宮の宮女たちを先頭にして、本殿の中にいた睡雀の民が左右に並び、猛虎を出迎えた。

「猛虎近衛中将に拱手《こうしゅ》！」

高官たちが声を上げると、民たちは手を組み一斉に猛虎に頭を下げた。

広間にいる全員が、命を懸けて主に仕えた彼に尊敬の念を示した。

先に広間に入っていた忠臣たちも猛虎に向かって深く頭を下げ、自分たちが成しえなかったことを成し遂げた彼に敬意を表していた。

猛虎は人々の間を抜け、軽い足取りで冥府の門に向かって歩き出した。

「猛虎」

林花は猛虎の背中に声をかけた。

「人生はどうでしたか？」

猛虎は振り返り返事をするように、大きく尻尾を振ってみせた。

林花は目を細めて笑いかけた。

猛虎と暮らすうちに、犬が林花の気持ちを察してくれたように、林花の方も小さな素振りから犬の気持ちが分かるようになっていた。

ずっと一緒にいた黄辛にはもっとたくさんのことが伝わったはずだ。

林花と黄辛は、猛虎が宮殿の奥に消えるまでその背中を見送った。

◆◆◆

黄辛が目を覚ますと、天蓋付きの寝台に寝かされていた。

見れば、主の不在で閉鎖されていた初霜宮だった。

細面の宦官が心配そうに皇帝を見下ろしていた。

師伯——後宮を統べる高官は、黄辛が目を開けたのを確認して立ち上がる。

「お気づきになられましたか？」

声をかけられ、黄辛は何か言おうとしたが、口の中がカラカラになっていてすぐには声が出なかった。

水差しを差し出され、彼は何とか水を飲んだ。

「今はお休みください。留魁もここまではやって来ません」

諭すように師伯は言った。

「それから、林花という女官が訪ねてきて、木簡を置いて行きました」

寝台の横には本にまとめられた木簡が積まれていた。

「陽子様の日記だそうです」

黄辛は日記の一つを手に取る。以前から留魁の謀反を疑っていた陽子の日記には留魁の協力者たちの名が書き連ねてあった。その者たちを調べて行けば留魁の罪を立証することは難しくないだろう。

現世の政にかかわって、あの臘月宮の女官は墨蘭にとがめられないのだろうか。黄辛は考えた。

おそらく――これは死霊から得た情報ではないのだ。だから許された。

だが、このような情報を入手できるとは、あの女官は何者だろう。

疑問が湧き、黄辛は改めて林花の顔を思い浮かべた。

ふと、日記の一つに赤い紐《ひも》が巻かれているものがあるのに気が付いて、それを開いた。

〈午後に郭才人が訪ねてきて、さんざんおべっかを使って行った。彼女は私の血筋や功績をまるで神様を相手にするように褒めてくれたが、私は私が偉くなどないことを知っている。

私は皇女だから、神様のように偉くて賢くて尊い人間を演じるが、どうあがいても神様にはなれない。私には国を背負えないし、国の責任など取れない。本気でそんなことをしたら、心も体も壊れてしまう。

だが、神様のように偉くなれない代わりに、自分の仕事をつつがなくこなしたなら私は大いに胸を張ってよいと思っている。稲を実らせた農民が胸を張るように、自分の仕事をやり切った皇女も胸を張ってよいのだ。

だから、弟にも一度言ってやらなければならない。そんなに肩肘を張るな——と。〉

「——姉様にはかなわない」

姉は亡くなった後も、弟が心配でならないのだろう。黄辛が落ち込んでいるとこうして日記の中からでも叱咤《しった》しにやって来る。

久しぶりに姉と話したような気分になって、黄辛は目頭を熱くする。

黄辛は寝台に体を預けて日記を閉じた。

「あの女官は料理人ではないのか？」

黄辛は眉を寄せる。

「それは私にも分かりません。あの宮殿の女官はおかしな者ばかりですから」

師伯は首を振った。

今は何者か分からない。だがあれは、十年前に黄辛が命を救った娘だった。

「人間は変わるものだな」

十年前、林花は泥にまみれ、親族を根絶やしにされ、すべてを呪詛するような目で世界を見ていた。

彼女の父は王に無実の罪を着せられたのだが、父の無実を訴える彼女の声を聞く親族は少なかった。親族たちが父を呪って捕らわれて行く姿はなによりも彼女を傷つけた。

あの時の彼女のような顔を黄辛は見たことがある。それはかつての鏡に映った自分だった。

王にすべてを奪われた彼女と、帝となる責任を背負い、自分から死地に向かってゆく自分の家族では比べるべくもないのだろうが、黄辛は自分が抱いたのと同質な喪失感を林花の中に見出した。

「匿う代償として一番美味いと思うものを作れ。それが美味ければ、お前を救ってやる」

高慢な物言いに、娘は腹を立てているようだった。自分のような王族に父を殺されたのだから、当然だった。

調理場に入ると、娘は表情を変えた。生き生きとして料理をし、離宮の料理人も驚くほどの腕を見せつけた。

供された料理は今まで黄辛が食べたどの料理よりも素晴らしかった。普段は食事を楽しまぬ黄辛でさえ、その味に心を奪われたほどだ。

貴族たちであれば、黄金を積んででもこの娘の腕を手に入れようとするだろう。

食事を終え、黄辛は言った。

「お前は父の残した料理と復讐のどちらかを捨てなければならない」と。

一族を根絶やしにされた恨みと、宝玉のような至高の料理。娘は決めることが出来ず、長く苦しみ悩むだろう。だが、悩み続けるうちは生きるだろう。

黄辛はそう考えた。

一方、生きながらえはするが救われることはないだろうとも思った。

林花は黄辛と同じように、愛する者を失い、この世界を呪詛する救われない人間だった。

だが、その救われるはずのない人間が黄辛の前に現れ、彼の魂を救った。

彼の心に巣食う闇を追い払うように。

「あの娘が変われるのなら、この世も捨てたものではないな」

体の疲労が薄れ、自然と心が安らぐのを感じる。

寝台に身を預け、黄辛は目を閉じた。

◆◆◆

留魁将軍は苛立って皇城の扉を開けた。広い皇《おう》の間には誰もいない。

焼け焦げた皇城には華美な装飾などは残っておらず、むき出しの石壁ばかりが姿をさらしていた。

黄辛の行方は知れず、高官たちは従わない。傀儡に仕立てようとした皇族の高武は皇帝になることに及び腰だった。

「二度目だ。二度も取り逃がした！」

留魁は怒鳴った。

今度こそ始末しなければならなかったのに——

留魁は火事で半ば焼けた玉座を見上げ、そこに座っている者がいることに気付いた。

「貴様、誰に断ってそこに座っている！」

腰の剣に手を当てて近寄ると、相手は脚を組み、平然とした顔で留魁を見下ろした。

「皇帝だよ。ちょっと借りると断った」

墨蘭は玉座の上で煙管をふかしていた。

彼女の横柄な態度に留魁は気圧される。

「私はお前に警告をしに来た。城を燃やそうが、戦をやろうがかまわない。だが、臘月宮には関わるな。間抜けな間諜や兵士をこれ以上送ってくるなら、私はお前を始末しなければならない。こう見えて忙しい身でね。あんまり面倒くさいことはやりたくないんだよ」

彼女は煙を吐き、顔を真っ赤にした留魁に目をやった。

「それともう一つ。お前は黄辛には勝てないよ。簡単な話だ。お前にはもう誰かがついて行きたいと思う未来を思い描けない。それほど魂が汚れてしまってるのさ。血の匂いのする魂では、いくら足掻いても人に見放されるだけだ。諦めな」

墨蘭は不敵な笑みを浮かべると、小さく呪文を呟いて柏手を打った。

留魁は剣を抜き放って墨蘭に斬りつけた。

首をはねたように見えた剣は空を切り、焼け焦げた玉座に突き刺さった。

広い皇の間に、剣が玉座に当たった音が反響する。

墨蘭の姿は消え、一人残された留魁は術にでもかけられたかのように剣を玉座に叩きつけ続けた。剣が曲がり、刃が割れても留魁は暴れるのをやめなかった。

どれほど暴れても、彼の身を案じて様子を見に来る者はいなかった。

◆◆◆

「刑が決まり留魁将軍は国外に追放されました。兵たちは降伏しましたが、留魁は一人剣を抜いて皇帝陛下に斬りかかったそうで。その刃はぼろぼろで、皇帝陛下の剣と斬り結んだ時に砕けたそうです。返す刀で右腕を斬られ、将軍は片手を失いました。あまりに簡単に刃が砕けたので、何者かが細工をしたのではと疑う声もありました」

臘月宮の中庭で、林花は静かに報告する。

「ほう、剣で硬いものでも斬ろうとしたのかね。——玉座とか」

煙管を燻らせながら、墨蘭はとぼけた。

林花は墨蘭が将軍に報復をしたと思っている。〈持ち込んではいけない〉の決まりを破り、兵に望まぬ来訪をさせた留魁を墨蘭は許さなかったはずだ。

「留魁は両目を潰されての追放になりました」

墨蘭は眉間に皺を寄せる。

「帝の命を狙ったのだろう。死刑ではないのか？」

「死は思うほど罰にはならない、と皇帝陛下がおっしゃられたそうです。この宮殿のことをお知りになられた影響でしょう」

「やれやれ、だから皇帝に臘月宮を知られたくなかったんだ。早く太冥令になる后を決めてほしいもんだ」

墨蘭はため息のように細い煙を吐いた。

太冥令は本来皇后——帝の子を産んだ妃が受け持つ役職だ。だが、黄辛にはまだ皇后を決めるつもりはないらしく、後宮に通う様子はない。

新しい太冥令が決まるのはまだ先になるだろう。

留魁を手玉に取る墨蘭にも思い通りにならないことがあるようだ。

「報告はそれだけか？」

煙管から灰を落として、墨蘭が訊いた。

「もう一つ──私、罰をいただきたいと思います」

林花は首を垂れて跪く。

「罰？」

墨蘭は片方の眉を上げた。

「はい、陽子様の願いを聞き、陽子様の日記を用いて帝を助けました。死霊の願いを朧月宮の外に持ち出したのです」

「〈持ち出してはいけない〉を破ったと言いたいのか。なるほどね」

墨蘭は鋭く林花を睨む。

恐怖を感じながらも、林花は身じろぎひとつせず墨蘭の裁定を待った。

「──罰はない」

林花は驚いて顔を上げた。

「陽子に何を頼まれていようと、関係ない。どのみちお前は帝を助けただろう」

「ですが──」

「反論は許可しないよ。私はね、みんな知っているのさ」

煙管で林花の頭を軽く小突くと、墨蘭は踵を返して本殿に向かった。

「結局、あの方の正体だけは分からぬままですね」

林花は小さく独りごちた。

なぜおかしな術が使えるのか。生者なのか、死霊なのか。帝の命令をもはねつける墨蘭の主とは何者なのか。疑問は尽きない。

林花も慌てて後を追う。

「そうだ。罰じゃあないが、この問題を解決しておきな」

思い出したように墨蘭は、林花に小さな木箱を押し付けた。

その箱はほんのりと温かかった。

林花は蓋を薄く開けて中身を確認すると、すぐに閉じる。

複雑な気持ちが胸を駆けた。

林花が箱を持って自室に帰ろうと中庭に出ると、大門が開かれた。外に皇族を示す青い御輿が停《と》まっているのが見える。

「ようこそおいでくださいました。陛下」

林花は急いで外に出て、頭を下げた。急な来訪に何事かと慌てた。

「今日はいかなる御用でございましょうか？」

「──食事だ」

「はあ……？」

皇帝の予想外の言葉に林花は首を捻った。

「後宮で唯一暗殺の危険のない場所を見つけた。墨蘭が管理するこの臘月宮だ。毒も弓矢もこの宮殿内では無意味だ」

黄辛は不敵に笑って見せる。

「それは暗殺者より恐ろしいお方がいらっしゃるからでございます。それ故にお勧め出来ません」

困った顔で林花は忠告する。

「だからお前に言っている。何か出してくれ」

御輿から降りた黄辛は殿舎に向かった。

「私でよろしいのでしょうか」

「墨蘭に頼めば出るのか？」

帰れと言われるだけだろう。だからといって林花に目を付ける辺りがなかなか意地が悪い。

「私では、陛下がご満足なさるほどの料理は用意出来ません」

「それは俺が決めることだ」

林花はため息をついた。何を言っても無駄なようだ。

「承知いたしました、ご用意いたします。ただし、条件がございます。墨蘭様からの贈り物を受け取っていただきます」

そう言って、林花は小さな箱を帝に差し出した。

「どうぞ、お納めください」

「墨蘭がこの箱を？」

黄辛は木箱を手に取る。

何の変哲もない桐《きり》で作られた簡素な箱だ。

箱は黄辛の手の中でコトコトと動いた。

眉を寄せて蓋を開けると――ぴょこんと手のひらに収まるほどの子犬が顔を出した。

「問題児です。魂が無垢《むく》なのをいいことに、数々の手続きをすり抜けて冥府から戻ってきたそうです」

目の上には、見知った眉のようなブチが付いている。

「陛下はこの犬を、飼わなければなりません」

目を見開き、帝は呆気にとられた顔をする。

「……名前は？」

「〈猛虎〉と言います」

林花が言うと、箱の中の子犬は嬉しそうに「わん」と答えた。

了

参考文献（敬称略）

『中国くいしんぼう辞典』崔岱遠著、李楊樺画、川浩二訳（みすず書房　二〇一九年）
『味の台湾』焦桐著、川浩二訳（みすず書房　二〇二一年）
『宦官―側近政治の構造』三田村泰助著（中央公論新社　二〇一二年）

<初出>

本書は書き下ろしです。

メディアワークス文庫

後宮冥府《こうきゅうめいふ》の料理人《りょうりにん》

土屋《つちや》 浩《ひろし》

2023年12月25日 初版発行

発行者 山下直久
発行 株式会社KADOKAWA
〒102 - 8177 東京都千代田区富士見2 - 13 - 3
0570-002-301（ナビダイヤル）
装丁者 渡辺宏一（有限会社ニイナナニイゴオ）
印刷 株式会社暁印刷
製本 株式会社暁印刷

●お問い合わせ
https://www.kadokawa.co.jp/（「お問い合わせ」へお進みください）
※内容によっては、お答えできない場合があります。
※サポートは日本国内のみとさせていただきます。
※Japanese text only

※定価はカバーに表示してあります。

Printed in Japan
ISBN978-4-04-915477-1 C0193

メディアワークス文庫 https://mwbunko.com/

本書に対するご意見、ご感想をお寄せください。

あて先
〒102-8177 東京都千代田区富士見2-13-3
メディアワークス文庫編集部
「土屋 浩先生」係

とりかえばやの後宮守

土屋 浩

運命の二人は、後宮で再び出会う——！
平安とりかえばや後宮譚、開幕！

流刑の御子は生き抜くために。少女は愛を守るために。性別を偽り、陰謀渦巻く後宮へ——！

俘囚の村で育った春菜は、母をなくして孤独に。寂しさを癒したのは、帝暗殺の罪で流刑にされた御子、雨水との交流だった。世話をやく春菜に物語を聞かせてくれる雨水。だが突然、行方を晦ます。

同じ頃、顔も知らぬ父から報せが届く。それは瓜二つな弟に成り代わり、宮中に出仕せよとの奇想天外な頼みで……。

雨水が気がかりな春菜は、性別を偽り宮中へ。目立たぬよう振る舞うも、なぜか後宮一の才媛・冬大夫に気に入られて——彼女こそが、女官に成りすました雨水だった。

宮廷医の娘

冬馬 倫

既刊７冊
発売中!

黒衣まとうその闇医者は、
どんな病も治すという——

由緒正しい宮廷医の家系に生まれ、仁の心の医師を志す陽香蘭。ある日、庶民から法外な治療費を請求するという闇医者・白蓮の噂を耳にする。

正義感から彼を改心させるべく診療所へ出向く香蘭。だがその闇医者は、運び込まれた急患を見た事もない外科的手法でたちどころに救ってみせ……。強引に弟子入りした香蘭は、白蓮と衝突しながらも真の医療を追い求めていく。

どんな病も治す診療所の評判は、やがて後宮にまで届き——東宮勅命で、香蘭はある貴妃の診察にあたることに!?

凄腕の闇医者×宮廷医の娘。この運命の出会いが後宮を変える——中華医療譚、開幕！

メディアワークス文庫

後宮食医の薬膳帖
廃姫は毒を喰らいて薬となす
夢見里 龍

既刊2冊
発売中！

この食医に、解けない毒はない——。
毒香る中華後宮ファンタジー、開幕！

　暴虐な先帝の死後、帝国・剋の後宮は毒疫に覆われた。毒疫を唯一治療できるのは、特別な食医・慧玲。あらゆる毒を解す白澤一族最後の末裔であり、先帝の廃姫だった。
　処刑を免れる代わりに、慧玲は後宮食医として、貴妃達の治療を命じられる。鱗が生える側妃、脚に梅の花が咲く妃嬪……先帝の呪いと恐れられ、典医さえも匙を投げる奇病を次々と治していき——。
　だが、謎めいた美貌の風水師・鴆との出会いから、慧玲は不審な最期を遂げた父の死の真相に迫ることに。

メディアワークス文庫

水の後宮

鳩見すた

既刊2冊発売中！

後宮佳麗三千人の容疑者に、皇子の密偵が挑む。本格後宮×密偵ミステリー。

入宮した姉は一年たらずで遺体となり帰ってきた——。
大海を跨ぐ大商人を夢見て育った商家の娘・水鏡。しかし後宮へ招集された姉の美しすぎる死が、水鏡と陰謀うずまく後宮を結びつける。
宮中の疑義を探る皇太弟・文青と交渉し、姉と同じく宮女となった水鏡。大河に浮かぶ後宮で、表の顔は舟の漕手として、裏の顔は文青の密偵として。持ち前の商才と観察眼を活かし、水面が映す真相に舟を漕ぎ寄せる。
水に浮かぶ清らかな後宮の、清らかでないミステリー。

メディアワークス文庫

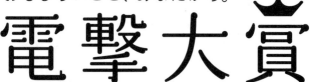